Norbert Wickbolds Denkzettel

Norbert Wickbolds

Denkzettel

Die vierte Staffel

1. Auflage
Copyright © 2018 by Norbert Wickbold
Layout, Umschlaggestaltung und Illustration: Norbert Wickbold
Korrektorin: Irene Wickbold
Verlag: tredition GmbH, Hamburg
Printed in Germany

ISBN: 978-3-7439-2821-3 (Paperback)
ISBN: 978-3-7439-2822-0 (Hardcover)
ISBN: 978-3-7439-2823-7 (e-Book)

Bibliografische Information der Deutschen Nationalbibliothek:
Die Deutsche Nationalbibliothek verzeichnet diese Publikation in der Deutschen Nationalbibliografie; detaillierte bibliografische Daten sind im Internet über http://dnb.d-nb.de abrufbar.

Und was für ein Werker sind Sie ?

Was hat überhaupt noch Hand und Fuß ?

Heilkunst und Farbenpracht©

Norbert Wickbolds
Denkzettel Nr. 31

Und was für ein Werker sind Sie?

Was hat überhaupt noch Hand und Fuß?

Es gibt sie tatsächlich noch: Menschen, die wirklich arbeiten! Das macht ja nach unserer Einschätzung im Wesentlichen den Wert eines Menschen aus, ob jemand überhaupt und wenn ja, wie viel dieser Mensch arbeitet. Wer gar nicht arbeitet, davon sind viele Menschen überzeugt, der braucht auch nichts zu essen. So lautet ihre Devise: *„Leben, um zu arbeiten!"* Wenn Menschen arbeiten, bezeichnet man sie als Beschäftigte. Das Entscheidende ist jedoch nicht, dass sie einfach irgendwie beschäftigt sind, sondern dass sie ganz bestimmte Tätigkeiten ausführen. Damit erfüllen sie den Tatbestand, der sie als Tätige ausweist. Zu Tätigen werden diese Menschen durch die von ihnen verrichteten Tätigkeiten. Bei nur einer einzigen Verrichtung spricht man von einer Tat. Wer jedoch tatsächlich tatenlos ist, ist ein Untätiger. Ein Untätiger vollbringt rein gar nichts. Dennoch wäre es unpassend ihm eine Untat zu unterstellen. Dies gilt, obwohl viele aufgebrachte Tätige jede tatenlose Untätigkeit als Schandtat bezeichnen. Bei soviel Tatendrang müssen sie aufpassen, das sie nicht zu Tätern werden. In der Tat lässt sich das wohl nicht vermeiden, denn ein Tätiger kann kein Opfer sein, auch wenn ihm seine Tätigkeit gar nicht gut tut.

Nur die Tätigen haben das Recht, als arbeitend zu gelten. Dennoch möchte man nicht gerne als Arbeiter gelten. Das war durchaus mal ganz anders. Zeitweise war es sehr modern, von Werktätigen zu sprechen. (Es muss dringend darauf hingewiesen werden, dass selbstverständlich immer beiderlei Geschlecht gemeint ist.) Doch nicht nur in den Werken gibt es tätige Menschen. Vor allem bestehen große Unterschiede in der Art, wie jemand arbeitet bzw. tätig wird. Oder sollte ich lieber sagen, womit die Menschen tätig werden? Ich meine, welcher Körperteil, bzw. welche Körperteile kommen besonders zum Einsatz, wenn sie werktätig werden? Als erstes denkt man an die vielen Handwerker. Die Handwerker sind stolz auf das, was sie schon alles mit ihren Händen geschaffen haben. Sie sind die Klassiker unter den Werkern. Was sie herstellen, hat, wie man sagt, Hand und Fuß, sprich: es ist solide, bodenständige Arbeit, die von einem praktischen Verstand und handwerklichem Geschick zeugt.

Fast genauso alt wie die Handwerker sind die Kopfwerker, also diejenigen, die vorwiegend mit ihrem Kopf arbeiten. Manche von ihnen bezeichnen ihre Tätigkeit auch als geistige Arbeit. Wenn auch bei Kopfwerkern der Kopf unentwegt arbeitet, können ihre Hände stundenlang vollständig tatenlos sein. Die Kopfwerker sind es, die es meistens zu Vorgesetzten oder Chefs bringen. Auch wenn sie durchaus nicht immer die schwerste Arbeit vollbringen, so können sie dennoch in vielen Fällen das meiste Geld nach

Hause tragen. Und wenn von den Handwerkern eine schwierige Arbeit gemeistert wurde, sind sie es, die den Lob dafür kassieren können.

Auch wenn es darüber höchstens noch Hinweise durch die, von Generation zu Generation weitergetragenen Überlieferungen geben könnte, so ist doch niemand in der Lage zu sagen, wie lange es eine heute sehr weit verbreitete Form des Werkers gibt: Die Mundwerker. Bei den Mundwerkern wird, nachdem sie mit einer Arbeit betraut wurden, sofort das Mundwerk aktiv. Ihnen wird auch die Erfindung der Mund-zu-Mund-Propaganda zugeschrieben. Die Aktivität der Mundwerker kann sehr intensiv und ausdauernd sein. Leider wird eine Arbeit nicht dadurch erledigt, dass man lautstark darüber redet. Auch wenn man sie zu den geschäftigsten Werkern zählen muss, können Mundwerker nicht im eigentlichen Sinne als Tätige bezeichnet werden. Besonders bei umfangreichen Arbeitsprojekten werden gerne Mundwerker eingesetzt. Dann nennt man sie Sprecher oder auch Berater. Sie beraten die Chefs, wie sie die Arbeiter noch besser zur Arbeit antreiben können. Und sie erklären den Laien, also denjenigen, die nicht an der Arbeit beteiligt sind, aber dafür bezahlen sollen, warum diese Arbeit so lange dauert oder warum sie so teuer sein muss. Ein Grund für die hohen Kosten liegt in ihrem eigenen, hohen Honorar. Das ist das Einzige, worüber sie nicht

sprechen. Wenn es zu einer Verbindung des Mundwerkers mit dem Kopfwerker kommt, entsteht der
von allen Werktätigen gefürchtete Wichtigtuer. Man
könnte jemanden, der ein Handwerk ausübt, bei dem
er mit einem Bohrwerk anderen im Mundwerk her-
umwerkelt, und somit ganz praktisch von der Hand
in dem Mund lebt auch als eine Art Mundwerker
bezeichnen. Für ihn hat sich jedoch die Bezeichnung
Zahnarzt eingebürgert. Ihre Tätigkeit ist bei weitem
lukrativer, als die des gewöhnlichen Handwerkers.
Und dann gibt es noch die sogenannten Laufwerker.
Auch wenn der Name vermuten lässt, dass es sich
hierbei um eine moderne, eher technische Variante
handelt, gibt es ihre Vertreter schon sehr lange. Die
Laufwerker erklären gleich nach der Auftragsertei-
lung, dass sie zuvor noch eine wichtige Angelegenheit
zu erledigen hätten oder dass sie für diese Arbeit erst
einmal Werkzeug, Material oder Hilfskräfte herbei
holen müssten. Und schon sind sie auf und davon. Sie
laufen einfach vor der Arbeit weg. Das liegt vielleicht
auch darin begründet, dass sie, als sie ein Handwerk
erlernen wollten, zunächst als Laufburschen eingesetzt wurden. Deshalb eignen sie sich heute am besten für Botengänge oder Geschäftsreisen. Das wuss-
ten schon die griechischen Götter und so setzten sie
einen Laufwerker als Götterboten ein, der unter dem
Namen Hermes eine gewisse Berühmtheit erlangte.

Inzwischen ist wohl das Patent auf diesen Namen abgelaufen. Deshalb nennt sich unserertage ein Paketzusteller so. Nicht unerwähnt bleiben dürfen in diesem Zusammenhang diejenigen, die durch ihre gute Laufwerksarbeit ordentlich viel Geld verdienen. Man könnte sie durchaus auch als Fußwerker bezeichnen, besser bekannt sind sie jedoch unter der Bezeichnung Fußballer oder Fußballspieler. Für ihre Arbeit werden Millionensummen geboten.

Ich muss nochmals auf die Kombinationsform des Wichtigtuers zurückkommen. In vielen Fällen handelt es sich beim Wichtigtuer um jemanden, der in Wirklichkeit überhaupt nichts Wichtiges tut. Insgesamt ist er eher ein Wenigtuer oder gar ein Nichtstuer (veraltete Form von Nichtsnutz). Als Steigerungsform des Mundwerkers wird er vielfach als Großmaul bezeichnet, weil er mit seinem großen Mundwerk immer so groß tut. Doch so tun, als würde man Großes tun, führt durchaus nicht unbedingt zu Großtaten. Die gelingen eher den tatkräftigen stummen Dienern. Ist beim Wichtigtuer der Anteil des Kopfwerkers stärker ausgeprägt, so spricht man auch vom Besserwisser. Besserwisser treten oftmals erst auf den Plan, wenn etwa die Handwerker ihr Werk vollendet haben. Dann fordern die Besserwisser, dass die Sache noch besser gemacht werden soll. Wenn sich die Handwerker tatsächlich darauf einlassen, zeigt sich all zu oft, dass es dadurch nicht zu einer Verbesserung, sondern zu einer Verschlimmbesserung gekommen ist. Dann wissen die Besserwisser aber auch nichts Besseres. Die Besserwisserei kann sich bis zur Krankheit steigern. Dann nennt man sie Besserwisseritis. Sie selbst beziehnen sich gerne als Experten. Alles was Rang und Namen hat, findet sich in Expertenteams zusammmen, die ausschließlich aus Mundwerkern bestehen, um dann zu großen Erkenntnissen zu gelangen. Nachdem viele Expertengruppen alle Berufszweige bürokratisiert haben, wurde jetzt ein Projektbüro eingerichtet, um nunmehr die Entbürokratisierung voranzutreiben.

Es ist schon auffällig, wie wenig im allgemeinen über die Handwerker geredet wird. Das gilt besonders, weil nur sie ihr Werk zur wirklichen Meisterschaft bringen. Hat man je von einem Kopfwerksmeister, Laufwerksmeister oder Mundwerksmeister gehört? Amtlich sind einzig nur die Handwerksmeister registriert. Und davon gibt es sehr viele: Bäckermeister, Dachdeckermeister, Elektrikermeister, Gärtnermeister, Malermeister, Maurermeister, Schneidermeister usw. Der Waldmeister und der Jägermeister gehören nicht dazu. Das Handwerk, so sagt man, habe goldenen Boden. Das klingt fast wie im Märchen. Wahrscheinlich glauben die Handwerker an Märchen, denn sie denken, sie würden für gute Arbeit auch guten Lohn bekommen. Doch wenn man sieht, wie es sich in

Wirklichkeit verhält, trifft auf das Handwerk eher das Märchen vom Hans im Glück zu. Der gibt nach und nach alle seine Talente her, um am Ende selbst mit leeren Händen dazustehen. Es ist schon bezeichnend, dass diejenigen die tatsächlich die Arbeit machen, am wenigsten davon leben können. Der goldene Boden erweist sich für die Handwerker selbst oftmals eher als ein Fass ohne Boden. Immer mehr Arbeit für immer weniger Lohn. Die Handwerker arbeiten somit nicht nur für drei sondern für alle vier. Das meiste vom Lohn und vom Ruhm stecken, wie wir gesehen haben, oftmals all die anderen ein: die Kopfwerker, die Laufwerker und die Mundwerker. Dennoch beklagen sich viele darüber das die Handwerker grundsätzlich unpünktlich, zu langsam und vor allem zu teuer seien. Deshalb glauben die Entscheider und Experten: Die, die wirklich arbeiten, die kann man sich getrost sparen. Ach gäbe es doch endlich eine Welt, die nur aus Besserwissern und Wichtigtuern, aus Großmäulern und Geschäftsreisenden bestände. Wir bräuchten uns nie mehr über teure Brötchen, Kleider, Autos oder Handwerkerrechnungen zu ärgern, denn es gäbe niemanden mehr, der Brötchen backt, Kleider näht, Autos baut, Haare schneidet und den Müll wegbringt. Oder machen das dann die Besserwisser und Wichtigtuer alles selbst? Viel besser, versteht sich! Dann wird endlich alles gut gemacht. Und so günstig!

KANN DER GESUNDE MENSCHENVERSTAND NIEMALS KRANK WERDEN ?

Heilkunst und Farbenpracht©

Norbert Wickbolds
Denkzettel Nr. 32

Kann der gesunde Menschen-
verstand niemals krank werden?

Haben Sie einen gesunden Menschenverstand? Nein, ich bezweifle das durchaus nicht. Natürlich haben Sie den. Selbstverständlich! Aber wer würde es schon zugeben, wenn das nicht so wäre. Einen gesunden Menschenverstand hat praktisch jeder. Das sollte man jedenfalls meinen. Und doch… wenn ich mir angucke, was heute alles für dummes Zeug geredet und oft auch gemacht wird. Entspringt das wirklich immer einem gesunden Menschenverstand? Das sagt einem doch der gesunde Menschenverstand, dass das gar nicht sein kann! Die spinnen, die Römer! Und nicht nur die Römer. Das war schon zu Asterix Zeiten so. Und heute, gut zweitausend Jahre später, ist das, wie jeder unschwer erkennen kann, immer noch nicht anders.

Im Buch der Bücher steht geschrieben, dass Gott am sechsten Schöpfungstag den Menschen schuf, und zwar als Mann und Frau. Ob er ihnen von Anfang an auch den gesunden Menschenverstand mitgab, ist leider nicht dokumentiert. Vielleicht fehlte der ja anfänglich ganz und der gesunde Menschenverstand ist eine spätere Zugabe gewesen. Oder hat der liebe Gott damals womöglich zwei Sorten Menschen geschaffen: Eine Sorte mit gesundem Menschenverstand und eine ganz und gar ohne Menschenverstand? Und die ohne, die schlugen sich fortan erstaunlich gut im existenziellen Überlebenskampf. Die wurden dann praktisch als Vergleichsgruppe im göttlichen Versuchslabor angelegt. Eine mit weißen Riesen und eine ohne. Nein, das ist natürlich Quatsch. Aber Gott war durchaus zu Experimenten bereit. Im Gegensatz zu den menschlichen Halbgöttern die kompromisslos den größten Blödsinn bis zum krönenden Abschluss treiben, was dann leider oft einem bitteren Ende gleichkommt.

Nehmen wir zum Beispiel die Geschichte von Kain und Abel. Auf jeden Fall fehlte dem Kain der gesunde Menschenverstand. Das sagt ja schon der Name. Kain steht für »kein Menschenverstand.« Das wurde früher eben noch mit »ai« geschrieben. Schließlich würde ja niemand mit einem gesunden Menschenverstand seinen eigenen Bruder erschlagen. Ob jedoch Abel einen gesunden Menschenverstand hatte, lässt sich heute nicht mehr nachvollziehen. Denn der ist ja bekanntermaßen vorzeitig ausgeschieden. Weil Gott schnell eingesehen hatte, das die Leute ohne gesunden Menschenverstand durchaus fähig sind, einander einfach zu erschlagen, hat er dem Kain ein Zeichen an die Stirn gemacht und sprach zu den Menschen:

»Seht, der gehört in die Versuchsgruppe, den dürft ihr nicht erschlagen bis ich meine Auswertung fertig habe.«

24

Irgendwie muss dem lieben Gott das dann mit der Versuchsanordnung zum Menschenverstand aus dem Ruder gelaufen sein. Jedenfalls ist von dem Ergebnis hierzu nichts nieder geschrieben worden. Heute tragen diejenigen ohne gesunden Menschenverstand kein Zeichen auf der Stirn. Genauso wenig wie die stolzen Besitzer eines gesunden Menschenverstandes. Und so kann niemand von außen erkennen, ob die betreffende Person über einen gesunden, einen kranken oder über gar keinen Menschenverstand verfügt. Es hat jedoch immer wieder Versuche gegeben, diejenigen, die keinen oder einen kranken Menschenverstand haben, irgendwie zu markieren. Meist hat sich im Nachhinein herausgestellt, das gerade diejenigen, die die anderen markiert haben, selbst den kranken Menschenverstand hatten. Oftmals haben die vorgeblich mit einem gesunden Menschenverstand ausgestatteten die angeblich kranken zumindest verbal, erschlagen. Wie Kain, der eben keinen Menschenverstand hatte. Und dennoch pochen heute so viele Menschen mit den verrücktesten Argumenten auf ihren gesunden Menschenverstand. Etwa mit Sätzen wie:

„Wir sind die Partei des gesunden Menschenverstandes."[1]
Woher wissen die, ob sie einen gesunden Menschenverstand oder überhaupt einen solchen haben? Und was ist, <u>wenn der gar nich</u>t so gesund ist, wie sie es sich einbil-

1 Andreas Scheuer, CSU Generalsekretär

25

den? Woher weiß ich selbst, ob mein Menschenverstand gesund ist und nicht krank? Der Volksmund sagt ja:

> *»Wenn Dummheit wehtun würde, müsste der* (gemeint ist immer jemand anders) *unentwegt Aua schreien.«*

Dummheit tut aber nicht weh (ob leider oder zum Glück, das lässt sich hier nicht klären). Wer dumm ist, merkt das im allgemeinen gar nicht! Wenn er es merkt, ist er schon auf dem Wege der Besserung. Und ein kranker Menschenverstand tut offenbar – das gilt zumindest für den betreffenden Menschen – auch nicht weh. Im Gegenteil: Die unbewusst Betroffenen brüsten sich mit etwas, was sie gar nicht haben! Die Frage ist also: Wo kann man sich untersuchen lassen, um festzustellen, wie gesund der eigene Menschenverstand tatsächlich ist. Da stellt sich als nächstes die Frage, ob das überhaupt jemand wissen will? Solange niemand weiß, was in meinem Kopf wirklich vorgeht, kann ich auch jederzeit so tun, als habe ich einen vorbildlich gesunden Menschenverstand. So kann ich mir selbst was vormachen und vor allem auch den anderen.

In einem Kinderfilm wurde dargestellt, dass es tatsächlich mal möglich gewesen ist, die Gesundheit des Menschenverstandes zu untersuchen. In der geschilderten Geschichte gab es einen Doktor, der eine ganz ungewöhnliche Heilmethode hatte. Er besaß ein spezielles Fernrohr mit dem er seinen Patienten in den

Kopf schauen konnte. Mit Hilfe dieses Fernrohrs und eines Spiegels war es ihm möglich, selbst in den Kopf des Patienten zu gelangen, um dort, entsprechend seiner vorherigen Inspektion, aufzuräumen. In einem Fall benötigte er Sturzhelm, Bergstiefel und eine Spitzhacke, weil er sich im Inneren des Kopfes vor dem dort herrschenden Steinschlag schützen musste. Aus dem Kopf eines anderen Patienten kam er mit einer großen Fuhre Stroh zurück. Und dann kam einer, den er besser nicht untersucht hätte. Im Kopf dieses Patienten herrschte ein regelrechter Sturm, denn hier war es vollkommen hohl und leer. Der Träger dieses Kopfes hatte, während sich der Arzt in dem selbigen befand, mit dem Fernrohr herumgespielt, so dass es zu Bruch ging. Der Doktor wäre beinah nicht zurück gekommen. Nur durch List konnte er doch noch aus dem leeren Denkgehäuse entkommen und den Patienten aus seine Praxis jagen. Doch von nun an war es niemanden mehr möglich, zu untersuchen, wie gesund oder krank der Menschenverstand im Einzelfall sei.

Wahrscheinlich sind diejenigen, die selbst nichts im Kopf haben, so empfänglich für alles hohle Gedankengut, weil sie es so dringend als Beweismittel für das Vorhandensein ihres Menschenverstandes benötigen. Doch ohne gesunden Menschenverstand sind sie nun mal nicht in der Lage ihren gravierenden Irrtum einzusehen. Also diejenigen, denen der gesunde Menschenverstand fehlt, lassen sich durchaus erkennen. Das lässt sich nicht verbergen. Es müsste ja eigentlich jedem peinlich sein, wenn andere merken, dass man nicht in der Lage ist, seinen Verstand in gesunder Weise zu benutzen. Damit das nicht weiter auffällt, sucht sich so jemand andere Leute, deren geistige Fähigkeiten auf dem gleichen Niveau liegen. Gleich zu gleich gesellt sich gern. »Bist du krank, oder was?«, meint: »Du bist wohl krank im Kopf!« Es gibt noch viel derbere Bezeichnungen für den kranken Menschenverstand. Aber das wollen wir ja nicht vertiefen. Hier soll es vielmehr um die Frage gehen, wie wir unseren Menschenverstand pflegen, um ihn gesund zu halten. Also eine Art TÜV für den Menschenverstand wird es wohl in absehbarer Zeit nicht geben. Da ist jeder ganz und gar auf sich selbst gestellt. Vielleicht drückt sich der gesunde Menschenverstand durch die vielen klugen Sprüche aus, die im allgemeinen dem Volksmund zugeschrieben werden; zum Beispiel der Spruch:

»Es ist noch kein Meister vom Himmel gefallen.«

Wo hat das eine größere Gültigkeit, als beim gesunden Menschenverstand? Warum? Wer sich beim Benutzen seines Menschenverstandes in gesunder Weise auf dem Boden der Tatsachen bewegt und nicht in ungesunder Weise lauter Luftschlösser baut und sich zu schwindelerregende geistige Höhenflüge aufmacht, um schließlich, wie einst Ikarus, kläglich abzustürzen,

28

ist nun mal kein Meister des gesunden Menschenverstandes. Der Meister begibt sich nicht auf so unsicheres Terrain, dass er »*aus allen Wolken fällt*«, wenn er von der Realität eingeholt wird. Gerade deshalb wird ein wahrer Meister des gesunden Menschenverstandes niemals vom Himmel fallen.

Wenn auch der liebe Gott nicht nur ein paar ausgewählte Persönlichkeiten, sondern jeden einzelnen Menschen mit einem gesunden Menschenverstand ausgestattet hat, so handelt es sich zunächst einmal um eine Fähigkeit. Gott befähigte uns Menschen unseren Verstand in vernünftiger Weise zu gebrauchen. Lassen wir dieses Talent verkümmern, dann ist vom gesunden Menschenverstand bald nichts mehr zu erkennen. Nutzen müssen wir diese, als Vernunftbegabung bezeichnete Anlage schon selber. Tun wir dies nicht, so kann uns der liebe Gott auch nicht mehr helfen. Da hilft eben nur eins: Üben, üben, üben! Denn Vernunft nutzt sich – entgegen der weit verbreiteten Behauptung – nicht ab, sondern kommt, je stärker sie zur Anwendung kommt, zu immer größerer Entfaltung. Und eben das ist es, was den gesunden Menschenverstand gesund hält. Und das ist wiederum eine Weisheit des Volksmundes, also des gesunden Menschenverstandes:
»*Übung macht den Meister!*«

29

Wird, wenn man die Wirklichkeit nicht wahrhaben will, die Unwirklichkeit wahr?

Heilkunst und Farbenpracht©

Norbert Wickbolds
Denkzettel Nr. 33

Wird, wenn man die Wirklichkeit nicht wahrhaben will, die Unwirklichkeit wahr?

Also, jetzt muss ich die Sache mit dem Lügen nochmal ganz neu besprechen[1]. Diesmal geht es eher darum, sich selbst zu belügen. Das kann ja manchmal bis zur Lebenslüge ausarten. Also wenn Sie – wie ich im Übrigen auch – gegen Lügen sind, sich aber selbst belügen, dann haben Sie ein Problem. Also ich hab' jedenfalls was gegen Lügen und fühle mich trotzdem manchmal total belogen. Ja, irgendwie unbestimmt. Dann muss es doch auch jemanden geben, der mich belügt. Da ich ja selbst das Lügen kategorisch ablehne, muss es ganz klar jemand anders sein, der mich belügt. Nur wer? Nein, Sie natürlich nicht. Warte nur, bis ich den erwische! Darüber kann ich mich manchmal so richtig aufregen. Und neulich, als ich wieder so am Schimpfen war, lief mir doch tatsächlich jemand direkt vor die Füße. Ein kleines Männchen mit strahlend blonden Haaren. Plötzlich kam mir mein Geschrei ziemlich albern vor. Er behauptete, ich würde mich selbst belügen und bot mir deshalb an, mein Freund zu werden. Erst wollte ich diesen Knirps einfach unbeachtet stehen lassen, doch dann streckte ich ihm entschlossen meine Hand entgegen und sagte: Einverstanden!

   „Gut, dann sind wir jetzt Freunde!"

1 (siehe Norbert Wickbolds Denkzettel 1, Nr. 8)

Er fragte mich, ob ich ihm eine lustige Geschichte erzählen könne. Aber nur eine, die mir auch wirklich passiert ist. So erzählte ich ihm von einem Freund, der davon überzeugt war, dass er so viel Alkohol trinken könne, wie er wolle und davon nie betrunken werde. Auf jeder Party langte er reichlich zu. Weil er den Geschmack von Whisky überhaupt nicht mochte, wollte er ihn nicht auch noch mit Cola verdünnen. *»Schnell weg damit«*, sagte er immer und schüttelte sich anschließend kräftig. Von der Wirkung des Alkohols bekam er tatsächlich nicht mehr viel mit, denn er fand schnell ein gemütliches Plätzchen, wo er dann den Rest der Party verbrachte, um seinen Rausch auszuschlafen: Die Badewanne. Wenn man ihn unter den Partygästen nirgendswo finden konnte, brauchte man nur im Badezimmer nachzuschauen und fand ihn in der Badewanne gleichmäßig schnarchend und entspannt schlafend vor. Keine Angst, er lag gewöhnlich in der trockenen Badewanne und zwar vollständig angekleidet. Offenbar fand er das sehr angenehm. Nüchtern hätte er sich das wohl niemals getraut, bei anderen Leuten einfach in die Badewanne zu steigen, um dort in Ruhe zu schlafen. Aber so hatten alle Verständnis dafür. Und jeder Partygast, der den Ort für eine gewisse Verrichtung aufsuchte, musste über die ungewohnte Begleitmusik schmunzeln. Nachdem mein Freund wieder nüchtern war, wusste er durchaus, wie schön, und vor allem auch, wo er geschlafen hatte. Aber mit dem Alkohol hätte das rein gar nichts zu tun, beteuerte er, denn der würde bei ihm bekanntermaßen nicht wirken. Ich zwinkerte meinem neuen Freund zu und sagte:

Er lebte eben in seiner eigenen Wirklichkeit.

Der kleine Blondschopf, der aufmerksam zugehört hatte, fragte anschließend:

„Ist das wirklich dein Freund?"

Nicht mehr, sagte ich.

„Schade!"

Er überlegte kurz und sagte voller Eifer:

„Mach ihn dir wieder zum Freund! Versprichst du mir das?"

Ich nickte.

„Das ist ganz wichtig, dass du ihn dir zum Freund machst."

Wieso?, wollte ich wissen.

„Wenn du das, was du liebst nicht zum Freund hast, wer ist dann dein Freund?"

Ich fragte: Erzählst du mir auch eine Geschichte?

„Ja," sagte er, *„von einem alten Freund. Der bezeichnete sich als Genussmenschen und langte beim Essen immer kräftig zu. Kein leckeres Häppchen ließ er sich entgehen. Solange noch etwas Essbares auf dem Tisch stand, musste er davon naschen. Dabei verkündete er mit vollem Mund und aus voller Brust dass er essen*

könne, was er wolle und soviel er wolle, denn er habe einen robusten Körper, der alles verträgt! Dann hatte ich diesen Freund viele Jahre nicht gesehen und als ich ihn wieder traf, klagte er jämmerlich über seinen hohen Blutdruck und seinen Diabetes. Er glaubte, das komme mit dem Alter. Man solle einfach nicht alt werden. Früher hatte er nie was gemerkt, aber mit dem Alter wäre es immer schlimmer geworden. Dabei habe ihm das doch noch nie geschadet. Darauf sagte ich ihm, dass mir das Essen auch nicht geschadet hat, aber vielleicht könne es sein, dass das bei ihm all zu viel des Guten gewesen sei."

Fast entsetzt sah ich zuerst auf meinen inzwischen umfangreich gewordenen Bauch und sagte dann meinem neuen Freund ins Gesicht: „Du bist aber mutig!"

„Mein sonst so fröhlicher Freund," sagte er weiter, „hatte gar keinen Spaß mehr. Selbst das Essen war nicht mehr sein Freund. So rief ich ihm fröhlich zu: »Dann such' dir doch einfach einen neuen Freund!« Seinem Gesicht entwich der letzte Anflug eines Lächelns. Ich wollte ihn ermutigen und riet ihm: »Du brauchst einen neuen Freund. Einen, der dich so sehr liebt, wie du das Essen geliebt hast.« Das Essen hatte ihn ja nicht wirklich geliebt, sonst hätte es ihn nicht krank gemacht. Ein wahrer Freund macht nicht krank, sondern wird zur Quelle der Gesundheit."

Ich kann deinen Freund gut verstehen, obwohl ich nicht so viel esse, merke ich auch, dass ich älter werde.

„*Schläft dein Freund noch in der Badewanne, oder ist das nicht mehr dein Freund?*"

Na ja, das war gar kein Freund, das war ich selber. Heute würde ich das nicht mehr machen. Heute könnte ich das auch gar nicht mehr…

„*Weil du zu alt bist?*"

Ja, genau, weil ich zu alt bin. Im Alter geht das nicht mehr so…

„*Wir machen so lange so weiter, bis es nicht mehr so weiter geht.*"

Ich will so bleiben wie ich bin. Ich leb' einfach so weiter, wie bisher.

„*Und wenn du nicht mehr so weiter machen kannst?*"

Dann werde ich unzufrieden und sehr wütend.

„*Dann fängst du an, andere zu beschuldigen? Und wenn du keinen anderen finden kannst, dann beschuldigst du einfach dein Alter. Warum freundest du dich nicht damit an?*"

Ich will doch auch meinen Spaß haben!

„*Als ich vor langer Zeit hierher kam, war ich noch ein Kind. Der erste Freund, dem ich begegnete, bezeichnete mich als kleinen Prinzen. Heute bin alt. Heute nennt man mich Knirps oder Gnom, weil ich immer noch so klein bin, wie schon als Junge. Als ich dieser kleine naive Junge war, hielten die Menschen mich für weise. Jetzt bin ich alt und habe vielleicht wirklich Weisheit erlangt, aber nun halten die Menschen mich für dumm und naiv.*"

Die Wirklichkeit ist nicht immer so, wie wir sie gerne hätten.

„Und dann bauen wir uns eben unsere eigene Wirklichkeit zusammen. Wir tun so, als sei diese Unwirklichkeit die Wirklichkeit. Wir machen uns die Welt, wie sie uns gefällt. Alles was nicht in dieses Bild passt, das blenden wir schlichtweg aus oder wir bekämpfen es."

Kampf oder Flucht. Das ist doch verständlich.

„Ich frage dich: Wird, wenn man die Wirklichkeit nicht wahrhaben will, die Unwirklichkeit wahr?"

So viele Angelegenheiten sind in Wirklichkeit doch ganz anders, als wir sie gerne hätten. Aber muss man das jedem auf die Nase binden? Ist es nicht besser, wenn alle an unsere Heldentaten glauben – und von unseren Sünden nichts erfahren?

„Auch wenn wir uns selbst etwas vormachen, fällt diese Lebenslüge irgendwann auf uns selbst zurück. Ein anderer Freund, der sich in seinen Sechzigern befand, klagte, seine Frau wolle sich plötzlich von ihm scheiden lassen. Dabei hätten sie sich all die Jahre so gut verstanden. Wenn es ein Problem gab, hat man nie darüber gestritten, sondern nett zusammengesessen – und geschwiegen. So seien alle Probleme einfach wieder verschwunden."

Du sagtest, man bezeichnet dich als alt und naiv. Ich glaube, dieser ältere Herr war wirklich etwas naiv.

„Erst waren all seine Probleme verschwunden und schließlich verschwand auch noch seine Frau."

Das habe ich jetzt verstanden. Du hattest gesagt, ich würde mich selbst belügen, wie war das gemeint?

„Die Lüge besteht darin, so zu tun, als seist du im Alter nicht mehr für dich verantwortlich. Darin sehe ich deine Lebenslüge!"

Ich bin doch nicht dafür verantwortlich, dass ich älter werde.

„Du bist aber dafür verantwortlich, wie du älter wirst. Wie du eben so getan hattest, als seist du gar nicht der Schläfer in der Badewanne, so glaubst du offenbar, dein Alter hätte gar nichts mit dir zu tun."

Gerade habe ich mich noch über die Naivität des älteren Herrn gewundert…

„Ich sage es nochmal: Freunde dich mit deinem Alter an!"

Wenn das nur so einfach wäre!

„Als ich noch der kleine Prinz war, begegnete ich einem Fuchs. Von ihm habe ich etwas Wichtiges gelernt. Ich kann alles, was mir fremd und unbekannt ist zähmen."

Du meinst ich soll mein Alter zähmen?

„Ja indem du dich mit ihm vertraut machst, machst du es dir zum Vertrauten."

Das klingt gut, aber ich hab' Angst davor!

„Wenn du Angst vor deinem Alter hast, musst du es zähmen, um mit ihm vertraut zu werden. Und wenn du deinem Alter vertraust, wird es auch dein Freund."

Mir mein Alter zum Freund machen?

„Ja, dann wirst du merken, wie Einzigartig es ist!"

Ich lass mir doch kein X für 'n U vormachen! – Wirklich nicht?

Heilkunst und Farbenpracht©

Norbert Wickbolds
Denkzettel Nr. 34

Ich lass mir doch kein X für 'n U vormachen! – Wirklich nicht?

Jetzt möchte ich Sie bloß mal was fragen: Haben Sie eigentlich eine eigene Meinung? Ja, tatsächlich? Das hab' ich mir schon fast gedacht. Ich meine, ist Ihre Meinung wirklich von Ihnen? Also, verstehen Sie mich nicht falsch. Ich bezweifle durchaus nicht, dass Sie eine eigene Meinung haben. Und dennoch muss ich Sie fragen: Haben Sie die schon lange? Wie ist Ihre Meinung zu Ihnen gekommen? Gehörte die schon immer zu Ihnen oder haben sie die irgendwie erworben? Wissen Sie noch wie? Oder wo? Und von wen? Ich will Sie ja nicht belästigen. Es ist nur so, es gibt wirklich viele Menschen, die felsenfest davon überzeugt sind, eine eigene Meinung zu haben. Und wenn man genau nachfragt, dann stellt sich heraus, dass es sich gar nicht um ihre eigene Meinung handelt. Die haben sie sich zum Beispiel von einem guten Freund ausgeliehen. Doch als sie ihm diese zurückgeben wollten, wollte der sie gar nicht mehr haben. Und so mussten sie sie behalten. Und wenn sie die selbst mal nicht mehr brauchen sollten, könnten sie die vielleicht auch weitergeben. Aber noch passt sie ja!

»Da braucht man sich durchaus
kein X für 'n U vormachen lassen!«

Ich denke mir, es müsste für ausrangierte Meinungen so etwas wie für gebrauchte Kleidung geben. Eine Art Altkleidersammlung für Second-Hand-Meinungen.

Zwar schon gebraucht, mit Gebrauchsspuren und etwas aufgetragen, aber immer noch ganz gut in Schuss. Meinen Sie nicht? Die ist doch noch gut. Die kann man durchaus noch gebrauchen. Die hat sich bewährt. Meinungen haben durchaus etwas an sich wie Kleidungen. Man kann mit ihnen auffallen oder sich bewundern lassen. Oder man hat eine Meinung, die eher einer Uniform ähnelt. Auch Meinungen unterliegen der Mode. Es gibt Zeiten, da liegt eine bestimmte Meinung total im Trend. Und nach einigen Monaten oder Wochen gilt sie schon als altmodisch oder gar geschmacklos. Sie können sich ruhig mal an einer Meinung versuchen, in die Sie erst noch reinwachsen müssen. Und irgendwann sind Sie dann auch aus Ihrer aufgetragenen Meinung herausgewachsen. Die wird dann an allen Ecken zu eng und reif für die Second-Hand-Sammlung.

Doch wie kommen Sie zu einer Meinung aus erster Hand? Wenn Sie es sich leisten können, lassen Sie sich von einem geprüften Meinungsmacher eine maßgeschneiderte Meinung anfertigen. Die passt dann zu Ihnen, wie ein Maßanzug. Da stimmt einfach jedes Detail. Wenn Sie sich jedoch mit der gängigen Meinung zufrieden geben, holen Sie sich diese beim aktuellen Meinungsführer ab. Dort gibt es für Jedermann und für jeden Geschmack etwas passendes. Da gibts jede Menge vorgefertigte Meinungen einfach von der Stange. Die können Sie mit wenigen leichten Kniffen an Ihre Bedürfnisse anpassen. Das ist kinderleicht, quasi zum Selbst ausmalen. Oder, um den Vergleich mit der Kleidung nochmal zu bemühen: In verschiedenen Größen und Schnittmustern. Auch viele beliebte Starschnitte sind zu haben. Sollten Sie überwältigt sein, von der immer mehr um sich greifenden Meinungsvielfalt, dann können Sie auch als kostengünstigste Variante die öffentliche Meinung wählen.

Sie brauchen wirklich nie ganz ohne eigene Meinung aus dem Hause zu gehen. Sicherheitshalber legen Sie sich eine Zweitmeinung zu. Sollte die Erste irgendwann womöglich verfallen oder unbrauchbar werden, ist die Zweitmeinung sofort zur Stelle. So kommen Sie nie in die Verlegenheit, ganz ohne eigene Meinung dazustehen. Womöglich denken die Leute, Sie hätten überhaupt gar keine eigene Meinung. Und dann stehen Sie wirklich dumm da. Denn eine eigene Meinung haben Sie nicht einfach nur für sich. Die eigene Meinung muss ständig verteidigt werden. Ständig kommt es zu Meinungsstreitigkeiten. Sie müssen Ihre Meinung verteidigen, etwa mit:
»Ich lass' mir doch kein X für 'n U vormachen!«
Am besten, Sie schließen sich mit Vertretern Ihrer Meinung zusammen. Sie müssen nur wissen, auch

wenn die Verfechter einer Meinung behaupten ganz genau Bescheid zu wissen, da ihre Meinung auf exakten Daten und Fakten basiere, muss hier jedoch eher von einer Art eingeschworener Glaubensgemeinschaft gesprochen werden.

Die Glaubensbekenntnisse werden im allgemeinen als Argumente bezeichnet. Dabei folgt jedem Argument eine Kette vieler weiterer Argumente. Das führt oftmals zu sehr langen Argumentationsketten. Um sich jedoch nicht immer diese endlos scheinenden und oft schwierigen Argumentationsketten merken zu müssen, halten die Mitglieder jeder Meinungsglaubensgemeinschaft passende Schlüsselbegriffe bereit. Die erforderlichen Schlüsselbegriffe werden meist von den Meinungsmachern festgelegt. Die Nennung eines solchen Schlüsselbegriffs bewirkt bei jedem Glaubensmitglied, bzw. Meinungsträger einen Schlüsselreiz und dieser ruft dann die gängige Meinung hervor. So müssen nicht jedes mal die vielen Argumente vorgetragen werden. Die Glaubensmitglieder wissen was gemeint ist. Sie sind geeint in dieser Meinung! Wer die Argumentationskette vollständig aufsagen kann, wird zum Meinungsführer ernannt und hat bald eine große Anzahl von Gefolgsleuten. Wenn diese auch nicht alles verstehen, verkündigen sie lauthals:

»Ich lass' mir doch kein X für 'n U vormachen!«

Da die riesigen Argumentationsketten bald nur noch von wenigen wirklich beherrscht werden, kommt es unweigerlich zu Reproduktionsfehlern. Das führt in der Kette der Argumentationen leicht zu Webfehlern. Es kann sogar geschehen, dass sich Argumentationsketten, die eigentlich gar nichts miteinander zu tun haben, miteinander verstricken. Das gibt dann unschöne Knoten mit mehreren Fäden. Da muss dann mit der heißen Nadel geflickt werden. Das geht oft solange, bis die Fetzen fliegen. Dann gerät alles durcheinander. Bald weiß niemand mehr, welches der richtige Faden war, und so wird möglicherweise der falsche abgeschnitten. Und eh man sich versieht, ist ein neues Strickmuster entstanden.

Nicht jeder bemerkt jedoch sogleich den Richtungswechsel in der Argumentationskette. Das kommt zuweilen sogar sehr spontan, sodass es selbst die Glaubensanhänger eines Meinungsführers überrascht. Denn auch ein Meinungsführer kann sich irren und dabei seine ganze Anhängerschaft in die Irre führen. Auch wenn sie ihm oftmals nicht folgen können, so müssen sie ihm doch folgen. Meinungen und Argumente werden weiter vertreten, denen mit den stützenden Fakten längst der Boden entzogen wurde. Von Gefolgsleuten anderer Meinungsträger auf die fehlenden Fakten in der Argumentationskette angesprochen, rufen die betrogenen Glaubensmitglieder entrüstet aus:

»Ich lass' mir doch kein X für 'n U vormachen!«
Die Schlüsselreize lassen sich durchaus an neue Gegebenheiten anpassen. Durch ihre große Mitgliederzahl bilden die Anhänger der öffentlichen Meinung die jeweils gängige Meinung, und die heißt: *»X ist jetzt U!«* Bald sieht jeder ein, dass das X nun das neue U ist. Manchmal habe ich den Eindruck, dass die Meinungsführer durchaus auch Meinungsverführer sind. So gibt es Leute, die machen sich aus den abgeschnittenen Enden der Argumentationsketten Schlüsselanhänger. Sie nehmen die Reste der weggeworfenen Argumentationsketten, fädeln ihre eigenen Schüsselbegriffe auf, schneiden was sie nicht benötigen einfach ab und knoten die Enden dann fest zusammen. So werden sie zu ihren eigenen Meinungsmachern. Jedem sagen sie: *»Ich bin so schlau!«* Sie sind mächtig stolz darauf, dass sie, wie sie sagen, eins und eins zusammenzählen können. Sie haben ja die beiden Enden miteinander verknotet. Gleichzeitig sind sie davon überzeugt, das andere das nicht können. Das verstehen sie überhaupt nicht, da es doch ganz einfach ist. Das allein ist schon ein schlagendes Argument. Wann immer Meinungskontrahenten aufeinander treffen, wo immer auch die Fetzen fliegen, für sie fällt mit Sicherheit etwas ab. Am Ende fällt immer etwas zu Boden. Und sie stehen als Sieger auf. Denn bald geben sie als neue Meinungsmacher die öffentliche Meinung vor.

Gerade dadurch, das wahllos verbunden wurde, was nun mal nicht zusammengehört und einfach nicht zusammen passt, bringt diese neue Meinung die Gemüter kräftig in Wallung. Und damit ist sie in aller Munde. Jeder spricht drüber. Auch hier eignet sich wieder der Vergleich mit der Kleidung. Mode muss schrill sein, um aufzufallen und die Gemüter in Erregung zu versetzen. Und das gilt auch für die Trendmeinungen. Hauptsache Sie haben für ein paar Tage oder gar Wochen mit dieser Meinung die Meinungshoheit erlangt. Und Ihre Meinung ist total angesagt. Ein absolutes Muss. Diese Meinung ist der Hit, darum machen alle mit! Ist das nicht irre wie viele Anhänger eine Meinung in kürzester Zeit findet?

Zurück zu Ihnen. Haben Sie denn inzwischen was passendes für sich gefunden?

„Ich muss sagen, der heutige Trend sagt mir nicht so zu, ich glaube, für mich ist die zweite Wahl doch die bessere Wahl."

Na gut, wenn Sie meinen.

„Ja, das meine ich. Das X ist einfach nichts für mich – wirklich nicht! Das U ist für mich!"

Das steht Ihnen auch am besten.

„Ich bin so frei, ich bleib' bei meiner Meinung. Auch wenn die gerade nicht in Mode ist und ich damit ganz alleine stehe. Ich stehe dazu – das sag' ich Ihnen ganz ehrlich!"

49

Vorher wollte niemand etwas davon wissen

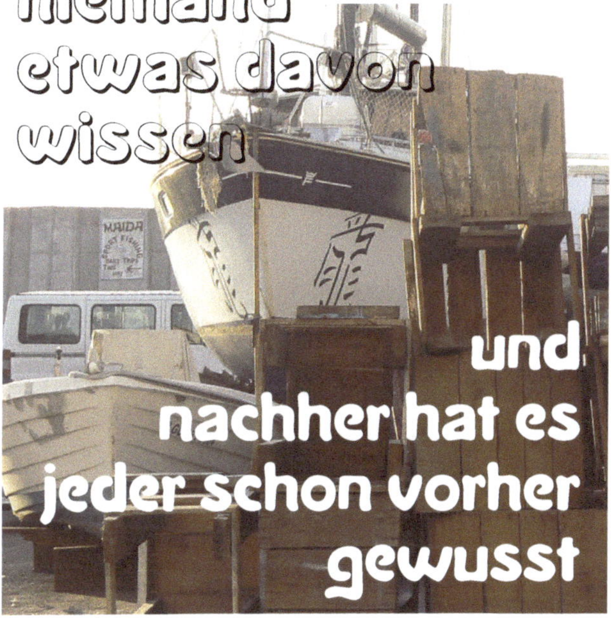

und nachher hat es jeder schon vorher gewusst

Heilkunst und Farbenpracht©

Norbert Wickbolds
Denkzettel Nr. 35

Vorher wollte niemand etwas davon wissen und nachher hat es jeder schon vorher gewusst

Ach, was hab' ich als Kind gerne die Geschichten von Wilhelm Busch gehört oder gelesen! Und mich von Herzen an den originellen Bubenstreichen erfreut.

> *»Ach, was muss man oft von bösen*
> *Kindern hören oder lesen!*
> *Wie zum Beispiel hier von diesen,*
> *welche Max und Moritz hießen.«*

Ach was muss man heut' alles in den Medien sehen oder lesen, was die bösen Kinder, die längst erwachsen geworden sind, uns für gemeine Streiche spielen. Auch mir sitzt seit Kindertagen zeitweise der Schalk im Nacken, weshalb ich anderen gerne mal einen Streich spielen würde. Neulich reizte es mich, meiner Frau zu erzählen, ich hätte gerade meinen ganzen Jahreslohn auf den Kopf gehauen. Naja, zu essen habe ich dafür nicht gekauft. Aber irgendwie wird das schon gehen. Du machst das schon. Da vertraue ich ganz auf dich. Und wenn sich meine Frau dann in Wut geredet hat, würde ich ihr erzählen, dass ich für das Geld schließlich einen nagelneuen Jaguar bekommen habe. Das wäre ein Spaß! Aber natürlich lass ich solchen Unfug sein, denn schließlich will ich ja nicht die gute Beziehung zu ihr aufs Spiel setzen. Meine Frau würde mich zum Teufel jagen, wenn da überhaupt kein Jaguar vor der Tür stände. Und das Beste: Der ganze Lohn gehört noch mir! Mir würden noch viele Späße einfallen – und auch einige Leute, denen ich gerne mal einen Streich spielen möchte. Um so mehr fuchst es mich, wenn ich im Radio genau solche fiesen Geschichten zu hören bekomme. Experten haben uns einen Bahnhof angepriesen, der spottbillig sei. Dieses war der erste Streich, und der zweite folgt sogleich: Der ganze Stadtgarten wird in einer Blitzaktion plattgemacht. Dann stellt sich völlig unerwartet heraus, dass erhebliche Mehrkosten durch steigende Baukosten entstehen. Anders ausgedrückt: Steigende Ausgaben durch Ausgabensteigerung, die wir dann zahlen. Also Sie und ich und die anderen. Das wäre dann der dritte Streich. Und der Jaguar, der bei dem Deal herausgesprungen ist, steht leider nicht vor meiner oder Ihrer Tür. Der steht wohl vor der Tür derer, die uns diese Geschichte präsentieren. Das ist dann der vierte Streich. Ach ja, auf den Bahnhof müssen wir dafür noch etwas länger warten. Das hat den Vorteil, dass die nächsten Kostensteigerungen gleichmäßiger verteilt werden können. Somit wären wir beim fünften Streich angekommen. Zum sechsten Streich kommt es durch die Anbohrung des Grundwassers, dass dann die gesamte Großbaustelle unter Wasser setzt.

Am liebsten würde ich diese Leute allesamt zum Teufel jagen, aber der hat sie uns ja gerade erst geschickt. Ich freue mich schon auf den siebten Streich, Sie wissen schon, der, wo die Schelme so richtig durch die Mühle gedreht werden. Diese Experten hier sind einem richtigen Fehlerteufel aufgesessen. Und wir gleich mit ihnen. Mit lautem Getöse und dem lachenden Teufel im Nacken fahren sie den ganzen Bahnhof an die Wand. Und erst jetzt fragen sie sich insgeheim:

»Welcher Teufel hat uns da denn bloß geritten?«

Und wenn sie dann dumm aus der Wäsche schauen erklären sie uns fachmännisch:

»Nachher ist man immer schlauer!

Das hätt' man wirklich vorher wissen müssen!«

Aber vorher haben sie auf ihren Teufel und nicht auf uns Laien gehört und jetzt sagen sie lapidar:

»Irren ist menschlich!«

Da nehmen die ihren Teufel auch noch in Schutz! Also, ich finde, seinen Verstand zu benutzen wäre durchaus auch als menschenmöglich zu bezeichnen. Wieso konnten die das eigentlich nicht vorher wissen? Ich hab doch auch vorher gewusst, dass mich meine Frau zum Teufel jagen würde, wenn ich ihr solche Geschichten auftische, und die Sache rechtzeitig abgebrochen. Aber ich hätte eben auch kein Zehn-Punkte-Programm parat gehabt, um anschließend sogar noch als Retter dazustehen. Darin sind mir – und

Ihnen wahrscheinlich auch – diese Experten wirklich weit voraus. Immer wenn sie vom heftigen Regen der Ereignisse überrascht werden, beginnen sie in großer Geschäftigkeit und mit gekonnt staatsmännischem Kalkül ihre Care-Pakete zu packen, Soforthilfe-Pakete zu schnüren, Zehn-Punkte-Programme aufzustellen, Forderungskataloge herauszugeben und voller Stolz dem erstaunten Volk zuzurufen:

»So retten wir die Welt!«

Wie schön, dass wir sie haben. All die Wundertätigen. Ohne sie müssten wir kläglich untergehen. Glauben Sie das? Oder verstehen Sie einfach nur Bahnhof? Für das Unternehmen Bahnhof ist der Zug längst abgefahren, und der Nachruf der Experten lautet:

„Das hätte man wirklich nicht vorher wissen können!"

Einer, der sich mit solchen Theaterstücken bestens auskannte, war Goethe. Sein Doktor Faust will statt des göttlichen Wortes, die menschliche Tat als Anfang von Allem sehen. Und sogleich hat er den Teufel im Haus. Oder sollte ich eher sagen, den Fehlerteufel? Ich bezeichne ihn einfach als Schalk im Nacken. Meiner hilft mir, in Bewegung zu kommen, wenn ich all zu sehr zaudere. Er neigt jedoch dazu, übermütig zu werden. Dann muss ich ihn in Zaum halten. Man muss sich seinen Schalk eben richtig erziehen. Wenn ich

56

einfach koste es, was es wolle oder auf Teufel komm raus, all das täte, was der mir einflüstert – oh-jeh, wo käme ich da wohl hin? Dem hab' ich schon so manchen Spaß verdorben. Wenn er sich schwarzärgerte, weil ich ihm nicht auf den Leim gegangen war, hatte ich meinen Riesenspaß! Ich musste mir anschließend nicht in den Hintern beißen, weil ich mich auf den Blödsinn eingelassen hatte. Des Teufels Advokat bin ich jedenfalls nicht! Bei der Sache mit dem Bahnhof frage ich mich, warum so wenige den Mut und die Kraft hatten, den gefährlichen, um nicht zu sagen, mörderischen Teufelsritt zu stoppen.

Jedenfalls behaupten die, die wie Besessene das ganze Unternehmen gegen jede Kritik verteidigt und jeden Widerstand gebrochen haben, um auf Biegen und Brechen ihre Sache durchzuziehen, oder besser gesagt ihr Schelmenstück aufzuführen, sie hätten es schon von Anfang an gewusst. Sie hätten gewusst, dass die Sache schiefgehen müsse, weil sie einfach nicht weit genug gegangen seien. Die einstigen Macher und Täter haben längst Unfallflucht begonnen, um sich heute als die von allen betrogenen Opfer zu präsentieren. Denn nun seien sie – völlig schuldlos versteht sich – Opfer der Ereignisse geworden. Nein, sie wurden Opfer ihrer Blauäugigkeit, mit der sie den teuflischen Einflüsterungen fraglos gefolgt sind!

Gerade solche Niederlagen und Katastrophen rufen viele Besserwisser und Schlauberger auf den Plan. Jeder beeilt sich seine fachkundige Analyse zu der Angelegenheit abzugeben. Detailgenau erklären sie uns mit ihrem Expertenwissen: Es war klar, dass es so kommen musste! Es hat sie nur keiner nach ihrer Meinung gefragt. Und das rächt sich nun. Sie hätten schon lange gewusst, was man hätte besser machen müssen. Ist erst das Kind in den Brunnen gefallen, zeigt sich, wie viele kluge Köpfe es gegeben hätte, die das ganze Theater hätten verhindern können. Aber sie haben es nicht getan. Sie haben ihre Hände in den Taschen vergraben oder in Unschuld gewaschen. In welchen Löchern hatten die sich versteckt? Und warum?

»Da fragen Sie noch? Ich habe doch die ganze Vorstellung gebucht. Bis zum, nun mal leider, bitteren Ende. Da wird mir doch schließlich mal richtig was geboten. Und außerdem muss' ich fast nichts dafür bezahlen. Das es so kommen musste, dafür kann ich doch nichts.«

Sind das die Freunde in der Not, die beim Unglück der anderen immer schön in der ersten Reihe sitzen und anschließend, wenn alles vorbei ist, mutig die Bühne betreten? Sollen wir sie dafür wirklich noch belohnen? Und was ist das Ende von der Geschichte? Davon kann ich ein Liedchen singen:

Die Verantwortlichen bedauern den großen Verlust.
Leider haben sie vorher gar nichts davon gewusst.
Sie selbst haben ihren Kopf aus der Schlinge gewunden.
Ein paar Schuldige haben sie schnell aufgefunden.
Denen sogleich die Entlassungspapiere vorgehalten.
Diese Verantwortlichen können wir getrost behalten!

Ist denn soviel Frechheit wirklich noch zu fassen?
Muss man sich nicht so manche Frage gefallen lassen?
Hat zuvor denn niemand soviel Verstand besessen,
dass er am helllichten Tage dem Teufel aufgesessen?
Wer hat zum Teufelsritt nicht alles aufgerufen?
Und schon dem Abgrund nah, gaben sie die Hufen!

Vorher wollte niemand irgendetwas davon wissen.
Lieber schlummerten sie im weichen Ruhekissen.
Sie wollen einfach nichts mehr davon hören.
Und sie lassen sich ganz und gar nicht stören.
Sich selbst zu ändern, dazu hatte keiner Lust
Nur nachher hat es jeder schon vorher gewusst!

Seit Jahr und Tag haben sie eifrig mitgemacht.
Und über jeden Zweifler wurde laut gelacht.
Doch stürzt das Unheil plötzlich auf sie ein,
Dann will es natürlich keiner gewesen sein!
Wer kennt es nicht – die Geschichte ist so alt
Wie Du und ich. So sind die Menschen halt.

Nach uns die Sintflut?

Und was ist, wenn uns die Sintflut

doch zuvorkommt?

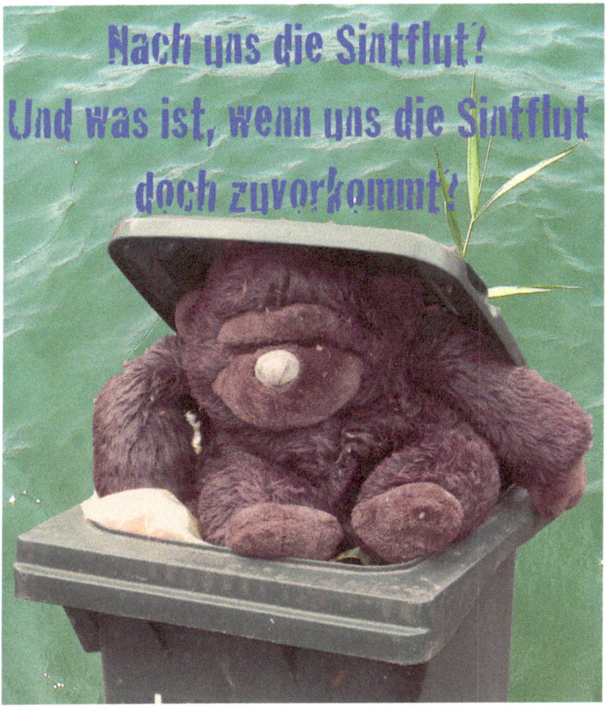

Heilkunst und Farbenpracht©

Norbert Wickbolds
Denkzettel Nr. 36

Nach uns die Sintflut! Und was ist, wenn uns die Sintflut doch zuvor- kommt?

Als Gott sah, wie sich die Menschen benahmen, reute es ihn, dass er sie geschaffen hatte. Und so schickte er eine riesige Sintflut über sie. Nur einen hatte er für gut befunden. Deshalb beauftragte er ihn damit, eine Arche zu bauen, in der alle Tiere Platz haben sollten, und zwar von jeder Sorte zwei. Nur Noah mit seiner Familie und die vielen Tieren waren von Gott auserwählt die große Flut zu überleben. So etwa lautet die offizielle Version dieser Geschichte in der Bibel.

Jetzt will ich mal die Rolle der bebilderten Zeitung übernehmen, die es derzeit noch nicht gab, und sagen, wie es damals wirklich war! Der alte Noah war gar nicht so tadellos, wie wir heute glauben. Der war zwar durchaus sehr gottesfürchtig, aber er hatte, vielleicht als erster Mensch, den heute so häufig benutzen Satz gesagt:

»Nach mir die Sintflut!"

Die Geistlichen hatten schon damals immer wieder die Drohung ausgesprochen:

»Wenn ihr nicht tut, was Gott von euch erwartet, lässt er euch alle in einer riesigen Flut untergehen!«

Noah glaubte schon daran, dass Gott das eines Tages machen würde. Aber er wünschte sich inständig, dass Gott ihn davor verschonen würde. Am besten wäre es, dachte sich Noah, falls das passiert, wenn ich dann gar nicht mehr lebe. Damals gab es noch sehr wenige Menschen. Die waren durchaus überschaubar. Und so konnte sich Gott noch viel mehr um jeden Einzelnen kümmern. Das Wetter gehörte im übrigen gar nicht mehr in sein Ressort. Dafür waren die Engel der Urgewalten zuständig. Das nur am Rande. Mit denen stand er jedoch in engem Kontakt, sodass er immer als erstes wusste, wann ein Unwetter oder ein Erdbeben bevorstand. So konnte er auch Noah warnen. Dies tat er jedoch nicht, weil Noah so fromm war, sondern weil dieser nicht bereit war, Verantwortung für sein eigenes Handeln zu übernehmen. Gott wollte Noah eine Lektion erteilen. Deshalb beauftragte er ihn die Arche zu bauen und die Tiere einzusammeln. Der Bau der Arche war schon anstrengend. Aber dann die vielen Tiere zusammenzutreiben. Welch mühevolle Arbeit! Er durfte ja keines vergessen. Und ob die alle freiwillig mitkamen ist auch nicht belegt. Die Elefanten zum Beispiel, die lebten auch damals schon in einer Herde und durften nicht einfach die Truppe verlassen. Und wie Noah beim Versuch die Löwen und Tiger in die Arche zu locken, selbst unbeschadet blieb, bleibt ein Rätsel. Und wie er genau auseinanderhalten konnte, ob er auch wirklich immer ein Männchen und ein Weibchen erwischt hatte… Und was war, wenn das Weibchen das Männchen gar nicht wollte? Oder wenn er versehentlich zwei Männchen

oder zwei Weibchen zusammengebracht hätte? Aus
dieser Zeit stammt wohl noch die göttliche Abnei-
gung gegen die Homoehe. Da hätte Gott dann wieder
ein Weibchen aus irgendwelchen Rippen schneiden
müssen. Oder womöglich auch ein Männchen. War
ja offenbar nicht erforderlich. Na ja, und die Dino-
saurier waren – zum Glück für Noah – schon vorher
ausgestorben. Sonst wäre das ganze Unternehmen
Sintflut von vornherein schon ins Wasser gefallen.
Wir hatten früher in der Schule über die Aufgabe
mit dem Fährmann, dem Wolf, der Ziege und dem
Kohlkopf herumgerätselt. Ihr wisst schon, die Frage
war, wen er mit wem alleine lassen kann, ohne dass
was passiert. Wenn das schon ein Problem darstellte,
wie hat Noah dass damals mit all den Tieren gemacht,
die sich ja gegenseitig Todfeinde waren bzw. sich zum
Fressen gern hatten? Schließlich mussten ja alle ankommen – und zwar lebend! Da musste Noah vorher auf Großwildjagd gehen, denn die Löwen, Tiger,
Wölfe und Bären ließen sich ja nicht wie die Pferde
mit Strohballen füttern. Und zwar vierzig Tage lang!
Für den ganzen Zoo kam da einiges an Nahrung zusammen. Sicher gab es damals noch keine Gesetze,
die darüber gewacht hätten, ob Noah die Tiere während der langen Fahrt durch die Fluten allesamt artge-
recht gehalten hatte. Das haben die Tiere schon selbst
gemacht. Die haben, jeder nach ihrer Art, gemurrt,

geknurrt, gebellt, gebrüllt, geschrieen, geschnattert, gekräht usw. Das muss ein riesen Spektakel gewesen sein. Das, worum Gott sich sonst kümmern musste, war nun allein Noahs Aufgabe.

Vielleicht hatte Noah gehofft, er könne sich während der langen Fahrt von den schweren Vorbereitungen ausruhen. Doch als die Arche sich in Bewegung setzte, ging die Arbeit erst richtig los. Die Menschen und die vielen Tiere mussten auf engstem Raum miteinander klarkommen. Und dann waren da ja auch noch die vielen Ertrinkenden, die versucht haben müssen, sich auch auf die Arche zu retten. Obwohl er durchaus einige helfende Hände gebraucht hätte, mussten die alle abgewehrt werden! Da ging es Noah wie dem Fährmann in der Denksportaufgabe. Im Inneren der Arche musste er dafür sorgen, das die Löwen oder Tiger nicht die Zebras, Antilopen oder Büffel fressen, und draußen die in Seenot geratenen zurück in die Fluten stoßen. Und Noah dachte bei allem was er tat:

»Gott will es so!«

Anfangs trieb die Arche so vor sich hin, aber dann musste das riesige Schiff sicher durch die tosende See gesteuert werden. Wenn er auch nicht die leiseste Ahnung hatte, wo er ankommen würde, so war doch klar, dass er auf keinen Fall Schiffbruch erleiden durfte. Und alles das konnte niemand anders machen, als Noah selbst. Er konnte einfach keinen anderen damit beauftragen. Vierzig Tage und Nächte musste er wachen und diesen anstrengenden Dienst leisten. Ganz schlimm war es, als die Stinktiere sauer wurden. In kürzester Zeit breitete sich im Inneren der Arche dieser bestialische Gestank aus und draußen prasselte unentwegt der Regen. Man konnte ja nicht einmal richtig lüften! Und dann produzierten die vielen Tiere ebenfalls eine Menge Mist. Selbst wenn Noah ein Plumpsklo für die Menschen eingerichtet hatte, wo sollten die Tiere ihr Geschäft verrichten? Und vor allem: Wohin mit dem ganzen Mist? Jeden Tag Regenwetter. Vierzig Tage ununterbrochen. Da hätte man keinen Hund vor die Tür gelassen. Aber das ging ja sowieso nicht. Das muss allen ganz schön aufs Gemüt geschlagen haben. Auch für Noahs Frau war das eine anstrengende Zeit. Sie musste jeden Tag etwas anderes kochen, die Kinder bei Laune halten und ihren Mann unterstützen. Vielleicht hatte Noah auch noch eine Meuterei auf der Arche zu durchstehen. Von alledem steht nichts in der Bibel. Auch darüber, ob Noah, als er nach dieser Strapaze an dem rettenden Ufer an Land ging, etwas so pathetisches sprach, wie später Neil Armstrong bei der Mondlandung:

„Ein kleiner Schritt für einen Menschen, aber ein großer Sprung für die Menschheit.“

ist nicht belegt. Auf den Bildern, die diese Szene schildern, verlassen die Tiere wie eine Schulklasse, geordnet in Zweierreihen, die Arche. Wie viel lieber glauben wir solchen schönen Bildern, als dass wir bereit wären, den Realitäten ins Auge zu schauen?

Später berichteten die Griechen davon, dass Herkules einen riesigen Saustall aufräumen sollte. Dort herrschte solch eine himmelschreiende Unordnung, dass er sich nicht anders zu helfen wusste, als einen ganzen Fluss umzuleiten, der den Mist mit sich fortriss. Schon damals landete der ganze Müll im Meer.

Und heute merken die Menschen, wie sehr sie sich inzwischen daneben benehmen und wünschen sich mit den Worten: »*Nach mir die Sintflut!*« eine Sintflut herbei, damit niemand sehe, was für einen Riesenmist sie gemacht haben. Sie werden einfach nicht mehr Herr der Lage und wollen dennoch eine schnelle Lösung. Und tatsächlich: Wenn ich mir ansehe, was für einen Blödsinn die Menschen heute produzieren. Wir werden von einer riesigen Flut von Billigprodukten überschwemmt. Durch die Medien regnet eine Flut von Informationen auf uns nieder. Und das Fernsehen! Wenn das viele Blut, das in den Filmen vergossen wird, in die Kinos und Fernsehzimmer liefe, würden wir allabendlich in dieser Flut ertrinken. Und dennoch dürstet uns nach immer mehr davon.

Dafür ertrinken täglich diejenigen, die sich nicht auf die Arche Europa retten konnten. Das sehen wir auch im Fernsehen. Zu Menschenfischern wollte Jesus seine Jünger machen. Heute sind es gerade diejenigen, die behaupten, in seiner Nachfolge zu leben, die die ertrinkenden Menschen, wie es wohl auch Noah gemacht haben muss, wie lästigen Beifang zurück ins Meer werfen. Wenn das, was die Bibel über die Sintflut berichtet, stimmen würde, dann hätte Gott damals die Menschen vernichtet, weil sie so schlecht miteinander und seiner Schöpfung umgingen.

Heute sind gerade die letzten Südseeparadiese, am meisten von der großen Flut bedroht. Denen, die in unseren Tagen den größten Mist machen, droht keine Gefahr. Die bleiben trockenen Fußes und werden von der Sintflut verschont. Das einzige, wovon die überflutet werden ist das Geld. Die Pegel der Aktienkurse steigen und steigen und steigen. Jeder, der nicht zu den *Aktien-Renten-Capital-Haupt-Empfängern*, auch kurz ARCHE genannt, gehört, wird von den gigantischen Geldfluten weggespült. Endlose Kapitalströme ergießen sich über sie und reißen alles fort. Wodurch haben die gesündigt? Weshalb werden sie von Gott gestraft? Nur die in der ARCHE wähnen sich in Sicherheit. Heute haben sie weder Tiere noch Natur gerettet. Sie haben nur sich selbst gerettet – und ihr Vermögen. Glauben sie, selbst Noah zu sein? Welche Aufgabe wird Gott ihnen abverlangen? Und was ist, wenn Gott diesmal ihre ARCHE zerschellen lässt und die anderen rettet?

69

Muss erst was passieren, bis was

PASSIERT?

Heilkunst und Farbenpracht©

Norbert Wickbolds
Denkzettel Nr. 37

Muss erst was passieren, bis was passiert?

Haben Sie nicht auch manchmal den Eindruck, dass hier so manche Angelegenheit vollkommen verkehrt läuft? Und das schon seit langer Zeit. Ich frage mich immer wieder: *Wo soll das alles nur noch hinführen?* Das kann doch nicht mehr so weitergehen! Wollen die denn ewig so weitermachen? Wenn hier nicht bald was passiert, dann passiert hier was! Und das nicht zu knapp! Wie viele Menschen wollen, dass sich was ändert – in ihrem Inneren schreit alles nach Veränderung, aber keiner will den Anfang machen. So tanzen sie seit Jahren nach dem immer gleichen Hit:

»All we can do is sit and wait, sit and wait, sit and wait!«[1]

Das Feuer ist aus und längst vergessen ist die Zeile:

»My heart is burning, I'm ready to fly… "«

Wir sitzen und warten auf den Traumjob. Warten auf den Traummann, bzw. die Traumfrau. Warten auf die Supergelegenheit. Warten auf bessere Zeiten. Warten auf den Lottogewinn. Warten auf die Rente. Warten darauf, dass endlich was passiert. Ja und dann passiert wirklich was. Etwas, mit dem niemand gerechnet hat. Oder etwas, was man schon lange befürchtet hat.

Ich hab 's schon lange gewusst. In meiner Lehre als Elektriker musste ich lernen an der Drehbank zu arbeiten. Dazu hatte ich einen Messingflansch anzufer-

1 (Sydney Youngblood, 1989)

73

tigen. Als dieses Teil fertig war, musste ich es mit dem Drehstahl vom Werkstück abtrennen. Plötzlich stand ich da, gebannt wie das Kaninchen beim Anblick der Schlange. Ich war fest davon überzeugt, dass der Flansch im hohen Bogen durch die Luft und direkt in die Scheibe von der Meisterbude fliegen würde, die sich gleich gegenüber befand. Und das der Meister wutentbrannt herausstürzen, und mich beschimpfen würde. Diese Vorstellung saß so fest in meinem Kopf, dass ich ratlos vor der Drehbank ausharrte. Als der Meister sah, dass ich nicht weiterkam, zeigte er mir, wie es ging. Zu meiner größten Verwunderung fiel der flugs abgetrennte Flansch einfach, der Schwerkraft folgend, mit einem kaum hörbaren Plopp herunter. Mein Gefahrenbewusstsein hatte mich regelrecht handlungsunfähig gemacht. Durch meine Angst fühlte ich mich bedroht von einer Gefahr, die gar nicht existierte. Der Meister war mein Retter in der Not. Einer Not, die es nur in meiner Vorstellung gab. Aus der ich mich jedoch aus eigener Kraft nicht befreien konnte. Das ganze war eine durchaus überschaubare Situation. Neben der Arbeit an der Drehbank hatte ich etwas wichtiges gelernt: Die Wirklichkeit ist weitaus ungefährlicher, als ich sie mir vorstellen kann. Zukünftig brauchte ich keinen Meister mehr, der mich rettet. Ich wusste, dass ich selber nur mutiger sein muss. Und dann klappt das!

Wenn ich doch nicht immer soviel Angst hätte, dass irgendetwas passiert. Wie viele Gefahren und Bedrohungen bestehen nur in meinem Kopf? Dabei sollte ich es doch längst besser wissen. Und dennoch bringe ich mich immer wieder selbst in eine, im Grunde genommen, unnötige Hilflosigkeit. Solange ich an diesen Ängsten festhalte, bleibe ich davon abhängig, dass mich irgend ein Retter aus meiner Not befreit. Und wenn es etwa in der Werbung heißt: Wer befreit mich von Kopfschmerzen?, dann scheint es nur dieses beworbene Mittel als Retter aus der Not zu geben. Vielleicht könnte der von Kopfschmerzen Geplagte aber auch etwas an seinem eigenen Verhalten ändern. Vielleicht könnte er sich etwa durch ein stressreduziertes Leben, ein zuckerreduziertes Essen, ein alkoholreduziertes Trinken oder ein nikotinreduziertes Atmen selbst helfen? Das habe ich schon mal herausgefunden: Davon muss ich mich nicht abhängig machen.

Auch die Politik präsentiert sich mir als Rettung in der Not. Ich weiß längst Bescheid wo hier der Hase läuft! Unentwegt höre und lese ich ihre Reden von Fortschritt, von Erneuerung, von Reformen und von Zukunftgestaltung, in denen sie auch mir alten Wein in neuen Schläuchen einschenken wollen. Ich habe längst beschlossen: Solange mir kein reiner Wein eingeschenkt wird, trinke ich den auch nicht aus! Ich lass mir von keinem etwas andrehen! Wie etwa die immer wieder gerne zitierte deutsche Leitkultur. Ich glaube das ist eher eine deutsche Leit-Hammel-Kultur. Einer läuft vor und alle anderen trotten blökend hinterher. Bis einer mal durchdreht! Muss denn erst das Kind in den Brunnen gefallen sein, bis hier endlich was passiert? Das sang doch schon vor vielen Jahren Herbert Grönemeyer als Hymne für die WM:

»Es wird Zeit, dass sich was dreht!«

Der Ball dreht sich. Die Welt dreht sich. Der Wind dreht sich. Das Blatt wendet sich. Und manche wollen die Uhr wieder um Jahrzehnte zurückdrehen. Doch was ich an der Drehbank erfahren habe, haben andere scheinbar nie gelernt. Und bis auch sie soweit sind, verhalten sie sich so, als handle es sich bei ihrem Leben um das bekannte Stück mit dem Titel:

»Warten auf Godot«

In dem Theaterstück von Samuel Beckett verabreden sich zwei Protagonisten mit einem dritten, der jedoch nicht kommt. Sie machen all ihre künftigen Handlungen vom Erscheinen dieses Dritten mit dem Namen Godot abhängig. Jeden Abend lässt der durch einen Jungen ausrichten, dass er, Godot heute nicht kommt. Die beiden verharren im Warten, lassen alle Chancen vorüberziehen und ergreifen ihr Leben einfach nicht. Die Platte hat einen Sprung und dreht sich immer in der selben Spur. Alles dreht sich, und es geht doch nicht vorwärts. Die ganze Welt verändert sich, nur ich bleibe immer derselbe. Ist mein kleines Leben und das Leben der großen Weltpolitik nur eine Reihe verpasster Chancen? Wie groß ist die Verführung, wenn ich meine Chancen nicht ergreife, nach einem Grund oder einem Schuldigen zu suchen? Weil nicht sein kann, was nicht sein darf, muss es einfach ganz anders gewesen sein. Ich suche mir ein Alibi und behaupte einfach, ich konnte eben nicht anders und andere haben das ausgenutzt. Doch wenn ich ehrlich bin, habe ich wieder Angst gehabt oder es fehlte bisher nur die passende Gelegenheit. Wenn schon nicht das Richtige passiert ist, so hätte es zumindest doch passieren können. Wenn das Richtige nicht passiert ist, behaupte ich, es gäbe Leute, die das absichtlich verhindert haben. Und das habe, außer mir, niemand bemerkt. Wie häufig jetzt über Verschwörungstheorien geschimpft wird. Und auch Persönlichkeiten, der großen Weltpolitik werfen mit immer skurrileren Behauptungen über Fehlentwicklungen und Verfehlungen der anderen um sich. Wie gesagt, das habe ich an der Drehbank gelernt: Das Leben ist gar nicht so schlecht, wie ich es mir ausmalen kann. Seitdem ich das herausgefunden habe, brauche ich mir auch keine Verschwörungstheorien mehr auszudenken.

Ich weiß noch, als Mitte der 1980er-Jahre Rio Reiser voller Ironie sang:

»Wenn ich König von Deutschland wär!«

Ja da habe ich mir das natürlich auch gleich vorgestellt. Was ich da alles anders machen würde. Das könnt ihr mir glauben! Ha! Seither haben viele Menschen ihre Version dieses Liedes gesungen und es ist tatsächlich viel passiert. Leider ist nur Weniges so geworden, wie ich es gewollt hätte. Dabei fand ich es so angenehm, mir auszumalen, wie schön die Welt sein könnte. Ja das wäre schön, wenn… Schließlich kann doch auch mal was Schönes passieren! Auf die täglichen Schreckensnachrichten und Skandalberichte kann ich ohne Weiteres verzichten. So stand zum Beispiel mal in einer gewissen Zeitung, dass ein Millionär – oder war 's ein Milliardär? – jedem Bürger einen Tausender schenken würde. War doch mal 'ne nette Idee. Die unverhoffte Geldspritze gab es dann aber nicht, stattdessen entpuppte sich die Geschichte leider als Zeitungsente. Man sollte eben nicht nur abwarten, bis was passiert. Auf die wohltätigen Retter ist nun mal kein Verlass. Wie so oft wurden wieder Tatsachen verdreht.

König von Deutschland bin ich nicht geworden, aber an der Drehbank des Lebens bin ich jetzt Meister. Da kann mir keiner mehr was vormachen. Da brauche ich keinen Meister, der als Retter in der Not auftritt.

Das krieg' ich jetzt selber hin. Wenn ich mir aber angucke, wer heute an der Drehbank der Weltgeschichte steht, da krieg' ich wieder dieses mulmige Gefühl von damals in meiner Lehrzeit. Wenn die eines Tages an den falschen Knöpfen herumdrehen – ha, dann passiert wirklich was! Jetzt befürchte ich, dass uns bald die ganze Welt um die Ohren fliegt. Aber dann macht es einfach Plopp und das Ganze war ein Flop. Wie die Sache mit dem wohltätigen Milliardär.

Heute heißt es, China sei die Werkbank der Welt. Müsste es nicht heißen, die Drehbank der Welt? Bei dem Gedanken dreht sich mir alles. Oh, was wird mir schwindlig. Ob die den richtigen Dreh kriegen? In dieser verdrehten Welt denke ich mir: Schlimmer gehts nimmer – oder doch?

Dann denke ich an meine kleine Geschichte. Ohne mein Erlebnis damals an der Drehbank hätte ich mich vielleicht von der allgemeinen Aufregung anstecken lassen und mir wiedermal die bange Frage gestellt:

Muss erst was passieren, bis was passiert?

Ich weiß doch längst, dass ich nicht nur Sitzen und Warten kann bis der Meister kommt. Ich kann selbst den Dingen den richtigen Dreh geben. Vielleicht sollte ich mich nicht mehr darum kümmern und einfach nur singen:

An meiner Drehbank bin ich Kapitän!

Ist ES Wahnsinn oder Tiefsinn?

Wird, wer ES glaubt wirklich seelig?

Heilkunst und Farbenpracht©

Norbert Wickbolds
Denkzettel Nr. 38

Ist ES Wahnsinn oder Tiefsinn?

Wird, wer ES glaubt wirklich selig?

Jetzt muss ich mal persönlich werden. Also jetzt mal ganz ehrlich: Was bedeutet *ES* für Dich? Kennst Du *ES* auch? Na ja, wer kennt *ES* denn nicht? Schließlich ist *ES* doch in aller Munde! Dennoch ist und bleibt *ES* mir ein Rätsel. Ich weiß *ES* wirklich nicht. Die einen rufen aus: »*ES ist zum Verzweifeln!*« Doch was *ES* wirklich ist, können sie mir nicht sagen. Was ist *ES* wirklich? Weißt Du *ES*?

Sag mir, ist *ES* der liebe Gott? Früher haben wir gesagt: »*Der liebe Gott.*« Für viele – und nicht nur die Frauen – ist Gott unbeschreiblich weiblich, also ganz klar eine Göttin. Inzwischen wird *ES* auch ganz allgemein als göttliches Prinzip bezeichnet. Doch als vor einiger Zeit eine Persönlichkeit des öffentlichen Lebens die Formulierung: »*der, die, das Gott*« benutzte, war die Empörung groß, denn dieser Mensch war das Wagnis eingegangen, »*das Gott*« zu sagen. »*Das*« bezeichnet leb,- und seelenlose Sachen und unbestimmte Dinge, aber keinen Gott und erst Recht nicht den Gott, der alles geschaffen hat, eben auch alle Sachen und Gegenstände, die es auf Erden gibt, denn auch das, was die Menschen produzieren ist Gottes Werk. Sag, was ist für Dich das Höchste? Was ist *ES*?

Sag mir, ist *ES* die Schöpfung? Die alten Griechen hielten Zeus für den höchsten Gott. Da die Welt und auch die Menschen damals schon geschaffen waren, war es seine Aufgabe, andere Götter zu erschaffen. Und das tat er in einer durchaus menschlichen Weise. Der liebe Gott den wir meinen, musste alles alleine schaffen: Die Welt, Himmel und Erde, Sonne, Mond und Sterne, das Licht, die Finsternis, Steine, Berge und Meere, Blitz und Donner, die Luft, die Pflanzen, die Tiere und schließlich auch die Menschen. Nur andere Götter schuf er nicht. Die wollte er nicht haben. Im Glauben an seine Macht sprach er: *»Du sollst keine anderen Götter haben, neben mir! »Ich dulde ES nicht!«* Die Menschen, die über alles nachgrübeln, dachten – und viele tun es auch heute noch: *»Ist es nicht wahnsinnig, was der liebe Gott alles geleistet hat? Und dennoch muss er ja auch den Teufel gemacht haben.«* Doch so tiefsinnig sie auch darüber nachdenken, sie verstehen *ES* bis heute nicht. *ES* bleibt ihnen ein ewiges Rätsel, wie aus dem Nichts etwas Neues entsteht. Sag, was ist *ES*, was in Dir das Neue schafft?

Sag mir, ist *ES* der Glaube? *»Wer ES glaubt wird selig«*, hört man so manchen Zeitgenossen reden. Während in früheren Zeiten ein Heilsversprechen gemeint war, so will man heute damit betonen, dass man an *So was* sowieso nicht glaubt. Diese Menschen machen keinen Hehl daraus, dass sie *ES* für einen ausgemachten Blödsinn halten. Sie sind sich sicher, dass *ES* zu glauben nur etwas für Dumme, Fanatiker oder Naive sei. Kein Wunder, dass inzwischen schon sehr viele Menschen gänzlich vom Glauben abgefallen sind. Oder ist *ES* ein Wunder? Wer glaubt heute noch an Wunder? Bis in unsere Tage lautet die Verheißung: *»Der Glaube versetzt Berge«*. Ich frage mich: Verleiht nicht erst der Glaube die Kraft oder hat er selbst die Kraft Berge zu versetzen? Dann wäre *»Vom Glauben abfallen«* tatsächlich eine Art Absturz, also durchaus damit vergleichbar, dass jemand von einem Berg herunterfällt. Nicht zu verwechseln mit der etwas sperrig klingenden Redensart: *»Hochmut kommt vor dem Fall.«* Wer vom hohen Berg seines Glaubens abgefallen ist, landet anschließend – zumindest glauben das die Gutgläubigen – im Tal der Tränen und fängt dort an, Trübsal zu blasen. Vielleicht hatten die Erfinder dieses Spruches einen riesigen Berg Arbeit vor sich, denn bis heute konnte kein glaubwürdiger Beweis dafür erbracht werden, dass auch nur ein Berg auf dieser Erde in geschichtlich relevanter Zeit seinen Standort gewechselt hätte. Alle Berge sind dort, wo sie einst entstanden, stehen geblieben, wenn sie nicht im Laufe der Zeit vom Wind abgetragen wurden. Und dann ist *ES* wirklich kein Wunder. Sag, was ist *ES*, woran Du wirklich glaubst?

85

Nachdem Moses viele Tage auf dem hohen Berg des Glaubens ausgeharrt hatte, stieg er wieder hinab auf den Boden der Tatsachen, die ihn mitsamt seiner in Stein gehauenen Gesetzestafeln niederschmetterten. Unter seinem im Tal zurückgeblieben Volk, waren viele inzwischen vom Glauben abgefallen. Doch anstatt Trübsal zu blasen, tanzten sie freudig um das goldene Kalb. Die Kleingläubigen huldigten wie gewohnt ihrem alten Aber-Glauben. Denn sie hatten nicht die Kraft, an etwas wirklich Großes zu glauben und verharrten deshalb im Glauben an die Macht des *»Ja, aber…«* Wer an *»Ja, aber«* glaubt, dem ist eines sicher: Er muss sich niemals verändern. Deshalb benötigte Moses so dringend die göttliche Hilfe in Form der in Stein gemeißelten zehn Gebote. Gottes Machtworte waren: *»Du sollst!« (Tu ES)*, bzw. *»Du sollst nicht!«* (Tu *ES* nicht) Moses wollte, dass sich die Menschen änderten! Deshalb musste diese To-do-Liste in Stein gemeißelt werden. *ES* bedurfte einer vierzig Jahre währenden Wanderung durch die Wüste, bis der alte Ja-Aber-Glaube abgetragen war und der neue Glaube Fuß fassen konnte. Für eine sehr lange Zeit war *ES* das religiöse Glaubensbekenntnis, woran man, bedingungslos und ohne zu wagen *ES* zu hinterfragen, glauben musste. Deshalb erklären sie uns: *»Wer ES glaubt wird selig.«* Du bist in der glücklichen Lage, keinen Glaubenshüter mehr zu brauchen, der Dir sagt, vorgibt oder gar befiehlt, was Du glauben kannst, sollst oder musst. Das kannst Du Dir durchaus selbst aussuchen. Weil es immer wieder Menschen gibt, die versuchen, Dir ihren Glauben aufzuzwingen, heißt das nicht, dass Du am besten an gar nichts mehr glauben solltest. Das bringt Dich nicht weiter. Du kannst selbst entscheiden, was Du willst. Doch ohne auch daran zu glauben, wirst Du *ES* wohl kaum erreichen. Du brauchst Deinen Glauben. Sei Dein eigener Glaubenshüter. Doch sei kein Ja-Aber-Glaubenshüter.

Sag mir, ist *ES* die Wahrheit? Um *ES* zu erreichen mussten einst ganze Scharren von Teufeln, Hexen und Ketzern bekämpft werden. In unseren Tagen kämpft man gegen Terroristen, Schmarotzer und Weltverbesserer. So predigen sie – damals wie heute – ob in Kirche, Synagoge, Moschee, Tempel oder an anderen Orten ihrer Macht. Heute ist *ES* etwas anderes, ja beliebiges geworden. *ES* ist quasi austauschbar. Das *ES* ist zur black box geworden, bzw. zur Post box, in die alles Mögliche hineingelegt werden kann. Hier legt jeder seine eigene Wahrheit hinein, um sie nach Belieben wieder abzuholen. Wie *ES* einst durch Bilder an den Wänden und Decken der Kirchen erklärt wurde, so erklärt heute eine bestimmte Zeitung, die inzwischen so allgegenwärtig ist, wie es einst der lange Arm der Kirche war, bildgewaltig und massenwirksam ihre

Wahrheit. Glaubst du *ES*? Oder glaubst du *ES* nicht?
Ist *ES* Wahrheit oder Wahnsinn? Für die einen ist *ES*
ganz einfach, für andere wird *ES* ein ewiges Rätsel
bleiben. Und für wieder andere ist *ES* der größte Blödsinn. Und viele wollen *ES* einfach gar nicht wissen,
weil *ES* sie sonst vielleicht trübsinnig machen könnte.
Was ist *ES*, was Dir zur Wahrheit geworden ist? Oder
zur Wahrheit werden will? Ist *ES* wahr?

Sag mir, ist *ES* vielleicht ein Märchen? Manche sagen:
ES ist ja nur ein Märchen, oder: *ES* ist zu schön, um
wahr zu sein. Auch an Märchen muss man glauben,
damit sie wahr werden können. *ES* war einmal…eine
Welt in der es Prinzen und Prinzessinnen gab, in der
es echte Helden gab, die das Böse bekämpften, so dass
am Ende immer das Gute siegte. Und als Krönung
gab *ES* ein traumhaftes Hochzeitsfest. Und alle lebten
bis ans Lebensende glücklich und zufrieden. Ist Dein
ES märchenhaft? Ist *ES* das?

Sag mir, ist *ES* ein Traum? Wovon träumst Du? Oder
träumst Du *ES* zwar, aber Du glaubst *ES* kaum? Was
begeistert Dich wirklich? Bist Du bereit *ES* durch die
Kraft Deines Glauben zu Verwirklichen? Ist *ES* wirklich Dein Traum? Dann träume ihn in den schönsten Farben. Stecke all Deine Energie darein, Deinen
Traum zu träumen. Und vor allem: Glaube daran, das

ES wahr werden wird. Und *ES* wird wahr! Glaube *ES*. Sag mir, weißt Du *ES* jetzt, was Dich selig macht? Kann das, woran Du glaubst Dich selig machen? Und die, die das Geld haben sagen: *»Jeder hat etwas, was ihn antreibt. Also hol Dir das Geld dazu – bei uns!«* Sag mir, brauchst Du *ES* noch, das liebe Geld? Und den Ruhm und den Reichtum und den Erfolg? Was tust Du nicht alles dafür? Sag mir, ist *ES* das wert? Ist *ES* wirklich so schwer? Oder stellt sich ein »Ja-aber« quer? Sag mir, das was Du jetzt tust, ist *ES* Dein innigster Wunsch, ist *ES* Dein Glück, ist *ES* das, was Du wirklich liebst? *ES* ist, wie *ES* ist, sagte die Liebe. Also sag mir, was ist *ES* wirklich? Wenn das, was Du heute tust, nicht das ist, was Du willst, wann tust Du *ES* dann? Oder glaubst Du, Du könntest verlieren, was Du eigentlich nicht willst? Was macht das schon, wenn Du *ES* dabei gewinnst?

„Ich glaube, jetzt ist ES an der Zeit!
Ich glaube, jetzt bin ich wirklich bereit,
Die ersehnte Menschlichkeit zu geben.
Die Herzenswärme – das ist ES eben.
Wenn ich wirklich daran glaube, dann ist ES soweit.
So ist ES der vollkommene Weg zur Glückseligkeit!"

Du sagst *ES*!
„Ja, das ist ES!"

89

Wann endet der Schlaf der Gerechten?

Heilkunst und Farbenpracht©

Norbert Wickbolds
Denkzettel Nr. 39

Wann endet der
Schlaf der Gerechten?

Haben Sie schon mal Geld arbeiten sehen? Nein, noch nicht? Dabei ist es erwiesen, dass heutzutage das meiste Geld dadurch verdient wird, dass das Geld selbst arbeitet. Das Geld ist somit um ein Vielfaches fleißiger, als die gesamte arbeitende Bevölkerung. Und das, obwohl immer mehr Menschen arbeiten. Immer mehr Menschen erarbeiten immer weniger Geld. Und sie verdienen ja auch immer weniger, weil sie – gesamtgesellschaftlich gesehen – immer weniger leisten. Das meiste leistet tatsächlich das fleißige Geld. Das Geld schafft ohne viel Aufheben davon zu machen im Verborgenen. Es macht nie krank oder Urlaub. Es schafft pausenlos und ist jederzeit zur Leistungssteigerung bereit.

Jetzt gibt es doch tatsächlich Leute, die meinen, dass das so erwirtschaftete Geld versteuert werden müsste. Das geht natürlich gar nicht, schließlich können ja nur Personen oder Gesellschaften zur Steuer veranlagt werden. Das Geld ist weder das eine noch das andere und kann somit nicht steuerpflichtig werden. Das so erwirtschaftete Geld landet zwar doch irgendwie bei Personen oder Gesellschaften, aber da kein Mensch dafür gearbeitet hat, ruft es auch niemals eine Steuerpflicht hervor. Nur die sich mühen müssen dafür blechen. Da das Geld selbst ja die größte Leistung erbringt – wirtschaftlich gesehen – sind diejenigen, die dieses Geld nach Hause tragen die wahren Leistungsträger der Gesellschaft. Uns sagen sie, das Geld würde für sie arbeiten. Ich frage mich: Warum arbeitet das Geld für diese Leute so hart? Für mich arbeitet es jedenfalls gar nicht. Es arbeitet weder im Portemonnaie noch auf dem Konto. Bei mir vermehrt sich das Geld nur, wenn ich selbst hart arbeite. Sonst passiert da gar nichts. Auf keinem Fall. Arbeitet das Geld vielleicht für Sie? Nein? Na ja, wenn das Geld nicht für uns arbeitet, dann arbeitet vielleicht die Zeit für uns. Ich hab' durchaus schon jemanden sagen hören, dass für ihn die Zeit arbeiten würde. Nur, die meisten Leute sagen ja, sie hätten überhaupt gar keine Zeit. Was habe ich davon, dass das Geld arbeitet, wenn es sich dadurch für mich nicht vermehrt? Und was habe ich davon, dass die Zeit für mich arbeitet, wenn sie dabei für mich immer knapper wird? Dann heißt es wieder:

»Zeit ist Geld!«

Diese Leute werden nie müde uns mit wachsender Geschäftigkeit zu erklären, sie würden, wenn sie Zeit verlieren, auch Geld verlieren. Das kann überhaupt nicht sein. Für mich kann das gar nicht gelten. Entweder ich habe ganz viel Zeit, dann habe ich ganz wenig Geld oder ich habe viel (zwar nicht allzuviel, aber ausreichend viel) Geld, dann habe ich aber kaum noch Zeit. Also wenn ich Zeit gewinne, müsste ich dann nicht auch Geld gewinnen? Je mehr ich arbeite, (das Geld tut das nun mal nicht für mich) um so mehr Zeit verliere ich. Je weniger Geld ich habe, um so mehr Zeit vergeht, bis ich wieder zu Geld komme.

»Die einen können tun, was sie wollen,
sie bleiben immer die Reichen.
Die anderen können tun, soviel sie wollen,
sie werden 's niemals erreichen.«

Also eines ist schon mal klar: Das Geld arbeitet nicht für mich und die Zeit arbeitet auch nicht für mich. Und dann heißt es immer wieder:

»Geld regiert die Welt.«

Mag auch das Geld die Welt regieren, die Hauptsache ist, dass ich mich selbst regiere. Wenn das Geld schon nicht für mich arbeitet, dann lass ich mich auch nicht davon regieren. Offenbar gibt es aber eine Menge Leute, die sich vom Geld durchaus regieren lassen. Für sie arbeitet das Geld zwar auch beim besten Willen nicht, aber wenn sie sich von ihm regieren lassen, würde es – so hoffen sie jedenfalls – eines Tages auch für sie arbeiten. Ich möchte es mit Goethe sagen:

»Oh, glücklich, wer noch hoffen kann
aus diesem Meer des Irrtums aufzutauchen…«

Vor allem finde ich es völlig ungerecht, dass das Geld
nur für die arbeitet, die schon am meisten davon haben. Jedoch für Sie und für mich arbeitet es ganz und
gar nicht. Ich glaube, ich sollte dem Geld die Freundschaft kündigen. Für die meisten scheint die Freundschaft zum Geld grenzenlos zu sein. Doch heißt es:

»Bei Geld hört die Freundschaft auf!«

Das gilt wohl eher für die Gerechtigkeit. Denn die hat
nur wenig Freunde. Den Grund sehen Sie sogleich.

Haben Sie den großen Hund gesehen? Ja, der ist immer wachsam. Dem entgeht nichts! Der bewacht das
Geld, damit es ungestört arbeiten und die Welt regieren kann. Von überall her kommen die Menschen um
ihn zu bewundern. Er bekommt das beste Futter. Es
gibt wohl kein Hund auf der Welt, der ein so fürstli-
ches Luxusleben führen kann, wie dieser Geldhund.

Und haben Sie auch den anderen Hund gesehen? Ja,
es gibt tatsächlich noch einen anderen Hund. Seine
Aufgabe ist es, die Gerechtigkeit zu bewachen. Dem
schenkt man im allgemeinen wenig Beachtung. Die

Aufmerksamkeit der Menschen richtet sich allein nur auf den Geldhund. Zu ihm pilgern sie, um ihm ihre Opfer darzubringen. Der andere liegt unbeachtet und abgemagert in der dunkelsten Ecke. Deshalb schläft er die meiste Zeit und fristet sein Schattendasein. Zum Wächter über die Gerechtigkeit pilgern nur ganz selten Menschen. Die zu ihm kommen sind meist selbst genauso abgemagert wie er. An Opfergaben ist da nicht zu denken. Die meisten schrecken vor dem mächtigen Geldhund zurück. Doch manchmal macht der Hund, der die Gerechtigkeit bewachen soll, ein Auge auf und winselt. Dabei richtet er sein Klagen mit einem traurigen Blick gen Himmel, so als würde er von dort um Trost bitten. Es kommt sogar vor, dass er richtig bellt. Und wenn er wirklich hervorkommt, merkt man, wie er stinkt. Der Geldhund stinkt nicht. Aber die Ungerechtigkeit, die stinkt wirklich zum Himmel. Und dann versinkt er wieder in einen langen Schlaf. Und er träumt davon, dass die Gerechtigkeit die Welt regiert. Wie lange müssen wir darauf noch warten, bis uns Gerechtigkeit widerfährt? Wann endet der Schlaf des Gerechten? Wann erwacht die Gerechtigkeit zum Leben? Wann tritt der Hund der Gerechtigkeit aus dem Schatten ins Licht? Wie lange müssen wir noch auf Besserung hoffen? Solange die Welt vom Geld regiert wird, kann sie nie und nimmer gerecht werden.

Der Geldhund bewacht den Palast des Geldes. An ihn kommt keiner vorbei. Schaut an, dort oben auf dem Tempel der Reichen, da weht, als Zeichen ihrer Macht, die goldene Fahne des Geldhahns. Wann immer sich diese Fahne im Winde dreht, wird wieder jemanden der Geldhahn zugedreht.

Und siehst du genau hin und hörst du gut zu, dann flüstert der Hund der Gerechten auch dir ins Ohr:

„Noch ehe man dir den Geldhahn abdreht,
wirst du mich dreimal verraten!"

Doch wenn die Pilger der Hoffnung am Zaun ihres Hoffhundes stehen und Schillers Strophe singen:

»Es ist kein leerer schmeichelnder Wahn,
Erzeugt im Gehirne des Toren.
Im Herzen kündet es laut sich an:
Zu was Besserem sind wir geboren;
Und was die innere Stimme spricht,
das täuscht die hoffende Seele nicht.«[1]

dann erwacht die Gerechtigkeit zum wahren Leben. Die Hoffnung daran muss man hegen und pflegen. <u>Und das braucht</u> einfach Zeit.

1 Friedrich Schiller. Hoffnung, 1797

Der Geldhund ist nicht nur mächtig und stark, er ist auch sehr schwer und wird immer schwerfälliger, denn er frisst und frisst und kann sich kaum noch bewegen. Goliath, so heißt der Geldhund, liegt träge am Boden. Dann kommt die große Stunde des Hoffhundes. Auch wenn er klein wirkt, so ist er doch wendig und flink. Und es erwacht in ihm, wie einst in David eine List. Und tatsächlich: für ihn arbeitet jetzt die Zeit. Endlich ist es soweit. Allmählich wagt er sich wieder mutig hervor. Sich der Trägheit des Geldhundes gewiss, schnappt er sich die besten Stücke vom Fressen weg. Stück für Stück, kommt er zu neuen Kräften. Der Hund der Gerechten ist wieder erwacht! Die treuen Anhänger kommen von weit her. Sie lassen sich nicht mehr aufhalten. Hört was der Wächter der Gerechten nun spricht:

„Lang habt Ihr die Hoffnung auf Gerechtigkeit gehegt,
Es ist an der Zeit, dass Ihr sie auch selbst wirklich lebt.
Beendet jetzt Euren lethargischen Schlaf der Gerechten.
Was lang Ihr erhofft, nun könnt Ihr 's mutig ausfechten!
Nun kommt, Ihr Beladenen der Welt in meinen Garten.
Lasst den Wächter der Gerechtigkeit nicht länger warten!
Wenn durch Euer Hoffen der raue Wind sich gelegt;
ohne Euch, sich die Gerechtigkeit nicht vorwärts bewegt.
Wollt Ihr auf Dauer diese Welt gerechter machen,
so müsst Ihr alle stets über die Gerechtigkeit wachen!"

Alle träumen vom Happy-End...

doch wenn sie's

haben könnten,

bleiben sie

beim

Gewohnten

Heilkunst und Farbenpracht©

Norbert Wickbolds
Denkzettel Nr. 40

Alle träumen vom Happy-End, doch wenn sie 's haben könnten, bleiben sie beim Gewohnten

Gleich mit fünfzehn Jahren habe ich eine Lehre in der Elektroindustrie begonnen. Man sagte mir, nun beginne der Ernst des Lebens. Für mich klang das wie eine Drohung und nicht wie eine Einladung. Und das sollte es wohl auch sein. Den Meistern und Gesellen, und auch den älteren Lehrlingen, war es besonders wichtig, den jungen Lehrlingen, deren Blaumänner noch deutlich sichtbare Bügelfalten aufwiesen, eines unmissverständlich klar zu machen:

»Arbeit muss besonders schwer, laut, kalt und selbstverständlich auch dreckig sein. Das ist hart, aber trotzdem muss man, was zu tun ist, gerne tun: Arbeiten!«

Ein Schlosser hatte das perfektioniert, denn er kam jeden Morgen mit seinem Fahrrad fröhlich pfeifend zur Arbeit. Für ihn schien es jeden Tag das größte Glück zu sein, dass er sich auch an diesem Morgen wieder in den altbekannten Dreck und Lärm begeben konnte. Doch täglich gab es das gleiche Schauspiel: Schon eine Viertelstunde vor Feierabend standen alle Kollegen, mit ihren fertig gepackten Arbeitstaschen unterm Arm, sprungbereit vor der Ausgangstür. Mit Ertönen der Feierabendglocke stürmten sie fluchtartig ins Freie. Irgendwie erinnerte mich das an meine Zeit im Kindergarten. Doch nun war ich ja in der Welt der Erwachsenen angekommen. Eben im Ernst des Lebens. Und da verstanden die Kollegen nun wirklich keinen Spaß! Wieso eigentlich nicht? Wie eine Drohung hing im Pausenraum der Spruch:

»Liebe deine Arbeit, denn sie ist der Sinn deines Lebens!«
Träumten die Kollegen davon, eines Tages ein Happy-End zu erleben? Wünschten sie sich, dass am Ende doch noch alles gut wird? Aber warum, fragte ich mich, kann es nicht schon jetzt schön oder wenigstens angenehm sein? Warum mussten sie sich das ganze Leben so placken? Weil sie nichts anderes kannten? Damals dachte ich, wenn wir die Arbeit zum Überleben brauchen, kann es nicht natürlich sein, dass sie so bitter sein muss. Kein Tier würde lange überleben, wenn es nur mit großem Widerwillen die lebenswichtige Nahrung zu sich nehmen würde. Etwa wie den Lebertran, den wir als Kinder schlucken mussten. Was meine Katze nicht mag, das rührt sie einfach nicht an. Auch wenn ich mich davor ekeln würde Mäuse zu essen, für Katzen sind Mäuse eine Delikatesse. Ich fragte mich, warum muss Arbeit immer so unangenehm sein? Schließlich kann ich mir die auch wirklich schön vorstellen. Geradezu anstrebenswert!

Ja so richtig. Mit Liebe! – Liebe deine Arbeit.
Dazu müsste ich, wie die Katze die Maus, die Arbeit finden, die für mich eine Delikatesse darstellt. Und das wäre gewissermaßen mein Happy-End. Mit allem

was dazugehört. Dann stelle ich mir vor, meine Wünsche werden wahr – oder sie könnten zumindest wahr werden, und dann geh ich nicht hin! Ich greife einfach nicht zu. Weil ich mich längst daran gewöhnt habe, wieder und wieder in den alten Dreck und Lärm zu gehen. Na gut. Diesmal noch nicht, aber ich sage mir immer wieder: *Trau dich doch!* Im Märchen gibt es immer ein Happy-End. Erst einmal hat der Held Mut bewiesen, weil er sich getraut hat, etwas zu tun, was vor ihm noch keiner gewagt hat: Etwas mit ungewissem Ausgang zu beginnen! Nicht ganz ungefährlich – und ganz ohne Reiserücktrittversicherung. Aber zur Krönung wird er getraut. Und zwar richtig! Mit der schönsten Braut, die es im ganzen Märchenland gibt. Eine riesengroße Hochzeit. Von dieser Traumhochzeit wird noch nach Generationen gesprochen! Heute würde man sagen: Ein hollywoodfilmreifes Happy-End. Das wäre wirklich traumhaft. Wenn ich mich doch nur trauen würde! Also bei mir klappt das irgendwie nicht. Ich hab' immer Angst.

Das war schon so, als ich als Jugendlicher zur Tanzschule ging. Da hatte ich mich so sehr nach einer Partnerin gesehnt. Die sollte gleich die ganz große Liebe sein! Wenn ich tatsächlich einer Frau begegnete, die weitgehend meiner Traumpartnerin entsprach, hatte ich mich einfach nicht getraut sie anzusprechen – ja und dann war ein anderer schneller – und das war 's dann. Aus der Traum! Weg die Maus. Dann hatte ich wieder mal eine Riesenchance verpasst. Und das passierte mir nicht nur einmal. Nach jedem dieser Missgeschicke stellte ich »meine Traumfrau«, bzw. das Bild, das ich mir von ihr gemacht hatte, auf einen Sockel, der von Mal zu Mal höher wurde. Sie wurde immer größer, und ich wurde immer kleiner. Ich fühlte mich jedenfalls so. Also beschloss ich, härter zu werden – vor allem gegen mich selbst. Und die Liebe rückte in weite Ferne. Wie ein Luftballon schwebte die Traumfrau weit ab in himmlische Sphären. In unendliche Weiten. Bereit zum Rendezvous mit Mr. Spock, aber auf keinen Fall mit mir! Dabei wollte ich doch so gerne im siebten Himmel mit ihr leben und in Liebe auf einer rosa Wolke mit ihr schweben!

Ich hab' dann doch eine Frau gefunden. Mit ihr kann ich träumen und auch leben. Und reden, und lachen, und reisen und alles das tun, was ein Paar glücklich macht. Und – ja, das ist natürlich viel, viel besser! Aber bis es soweit war, kam ich mir oftmals vor, wie ein Mönch in seiner Zelle, der zum lieben Gott betet, dass der auch ihm eine Eva aus den Rippen schneiden möge. Wäre das geschehen, hätte ich nachts mit ihr heimlich Spaß gehabt, doch morgens hätte sie wieder in meiner Brust verschwinden müssen. Ich dachte: Kann denn der Gott der Liebe wirklich etwas dagegen haben, dass sich die Menschen lieben?

Aber ich war kein Mönch, auch keiner, dem in der Verklärung die heilige Maria erschienen war. Ich blieb ganz einfach alleine. Alleine mit mir. So blieb mir nichts anderes übrig, als mit mir selbst klarzukommen. Was mir da alles im Kopf herumging.

Liebe deine Arbeit… Liebe deinen Nächsten…

Ich hatte keine Arbeit und da war auch kein Nächster. Da war nur ich selbst. Sonst nichts und niemand. Und vor mir selbst konnte ich nicht weglaufen.

Liebe deinen Nächsten…

Ach ja, das geht doch noch weiter:

Liebe deinen Nächsten, wie dich selbst.

Und tatsächlich gelang es mir sogar, mich mit mir selbst anzufreunden. Die lange Einsamkeit hatte mich allmählich weichgekriegt. Weich für die Liebe. Und als ich es schließlich geschafft hatte, mich selbst als einen liebenswürdigen, und liebenswerten Menschen anzusehen, da passierte es. Da lernte ich *Sie* kennen. Und lieben! Und sie mich im übrigen auch. Das war aber gar kein Happy-End. Das klingt jetzt komisch. Natürlich war ich happy und bin es immer noch, ja und darum ist das ja auch bis heute kein Happy-End. Denn das Glück hält ja – zum Glück – immer noch an. Ein Glück ohne Ende! Vielleicht muss es ja in der Partnerschaft heißen:

Liebe deine Partnerin*, denn sie* zu lieben ist der Sinn deines Lebens (* bzw. Partner und ihn)!

Dabei hatten uns, als wir heirateten, alle Freunde und Kollegen prophezeit, dass es mit der Liebe schnell vorbei sei, und dass sich an deren Stelle eine monotone und langweilige Routine breit machen würde. Dennoch waren sie davon überzeugt, dass die Liebe das Höchste, das Größte sei. Die Liebe, beteuern sie, stehe über allem. Am Ende würde immer die Liebe siegen. Aber warum, frage ich mich, erst am Ende? Warum nicht gleich zu Anfang? Warum müssen wir das, was wir lieben immer erst so weit von uns fortweisen? Und wenn die große Liebe auf uns wartet, lassen wir sie im Regen stehen. »*Gabi wartet im Park*« und wir lassen sie warten. Nur die Harten kommen in den Garten – und können sich für die Liebe nicht erweichen. Wer so hart arbeitet und zu sich selbst und in der Partnerschaft so hart ist, nimmt der Liebe jede Chance zu ihm durchzudringen. Da bleibt die Liebe nicht lange, wenn sie weder in der Partnerschaft noch in der Arbeit ihren Platz hat. Was bleibt ist überall nur Härte. Doch auch die Harten wollen irgendwann nicht mehr warten. Dann ist Trennung angesagt. Wird es in der Liebesbeziehung schwierig, trennen sich die Harten schnell von ihrem Ehepartner, doch wenn sie die Liebe zur Arbeit verloren haben, bleiben sie ihrem Job treu. Nach vielen Ehejahren stellen sie plötzlich fest: Wir passen einfach nicht zusammen. Beim Job habe ich das noch niemanden sagen hören.

Beim Job glaubt niemand an ein Happy-End. Wenn in der Partnerschaft die Liebe ihr Ende gefunden hat, hoffen sie darauf, dass durch ein Happy-End die Liebe einen neuen Anfang nimmt. Eine junge Partnerin soll die alte Liebe wieder zum Leben erwecken. Doch solange die alte Härte nicht zulässt, dass sich das eigene Herz verjüngt, kommt kein Happy-End zustande, und alles bleibt beim lieblosen Alten. Je härter wir uns selber machen, um so mehr verschließen wir uns vor der Liebe. Und dann gibt es kein Happy-End, sondern ein hartes Ende! Denn der Anfang von allem muss die Liebe sein. Ihr Symbol ist das Herz. Das Herz hält die Balance von links/rechts, oben/unten, innen/aussen, geben/nehmen, gerade/gebogen und vor allem: männlich/weiblich. Die Herzensliebe kennt kein Happy-End, nur den pulsierenden Wechsel. Das ist ein immerwährender Happy-Anfang:

Hast du dein Inneres von Herzen liebgewonnen,
wird dir auch von außen Liebe entgegenkommen.
Liebst du all dein Werken, Sehnen und Streben,
zeigt sich dir deutlich der Sinn in deinem Leben.
Wer seinem Nächsten stets in Liebe begegnet,
wird selbst durch liebende Herzen gesegnet.
In liebenden Herzen wirkt die bezaubernde Kraft
zwischen Menschen, die ihre Härte überwunden.
Haben erst Einzelne die Menschlichkeit vorgemacht,
werden die Vielen durch menschliche Liebe gesunden.

Die Bücher von Norbert Wickbold

finden Sie auf den folgenden Seiten

Die Denkzettel gehen jetzt in Serie!

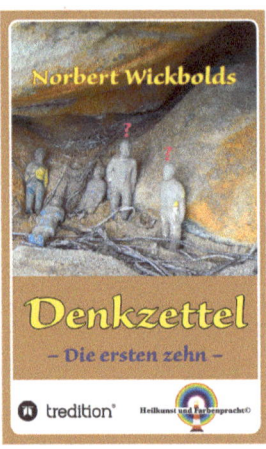

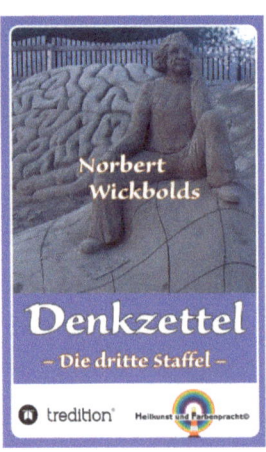

40

120 x 190 mm,
116 Seiten

Tb: € **9,50** (D)

geb: € **17,50** (D)

e-Book: € **2,99** (D)

ISBN:
978-3-7323-2611-2 (Tb)
978-3-7323-2612-9 (geb.)
978-3-7323-2613-6 (e-Book)

Inhalt des nächsten Bandes:

Der Roman, der zur Quelle führt:

Die Wiederkehr der Morgenlandfahrer

Die Idee der Morgenlandfahrer Hermann Hesses wird hier wieder aufgegriffen und mit hochaktuellen Themen verknüpft: Auf der einen Seite steht eine gigantische, den Globus beherrschende Wirtschaftsmacht und ihr gegenüber befindet sich die entmachtete Gruppe der Vielen. Ein paar Wenige wagen es, um ihr Grundrecht auf sauberes Wasser zu kämpfen und bringen das Machtgefüge der Weltmacht an seine Grenzen. Der Roman:

Die Wiederkehr der Morgenlandfahrer

gibt Hoffnung auf die Kraft von Einzelnen, die ihre innere Quelle gefunden haben. Hier geht es darum, seinem Stern zu folgen und daraus Kraft für die Bewältigung auch sehr schwieriger Aufgaben zu ziehen. Die Reise der Morgenlandfahrer ist eine Reise durch die innere Wüste seiner eigenen Seele. Es ist eine Reise zur inneren Quelle. Sieben Künste weisen den Weg dorthin. Jeder findet seinen eigenen Weg. Der Leser bekommt einen spannenden Roman vorgelegt, der Hoffnung machen will, dass auch eine globale Bedrohung überwindbar ist. Er kann sich ohne Weiteres in einer der Hauptfiguren wiederfinden und erhält somit schnell einen eigenen Bezug zu Thema und Inhalt des Romans. Und er kann sich auf seinen eigenen Weg zu seiner eigenen Quelle begeben!

336 Seiten **€ 18,50** (D) Tb

ISBN:
978-3-8495-9890-7 (Tb.)
978-3-8495-9891-4 (geb.)
978-3-8495-9892-1 (e-Book)

Die Gedichte und Gedanken:
Was seht ihr denn?
42 Gedichte und Gedanken

Wie viele Gedanken gehen uns durch den Kopf und ziehen sehr schnell wieder weiter? Einige hinterlassen bleibende Spuren, andere geraten bald wieder in Vergessenheit. Neue Ereignisse und neue Gedanken verdrängen unsere Gedanken von gestern.

Einmal inne zu halten! Dies alles von ferne nur zu betrachten. Es aufzuschreiben, um die Gespenster, die in unseren Hirnen spuken, zu vertreiben.

Hier sind sie versammelt:
42 Gedichte und Gedanken aus drei ereignisreichen Jahrzehnten, die tatsächlich in Worte festgehalten und niedergeschrieben wurden. Sie sind manchmal sehr persönlich oder poetisch, mal politisch und manchmal eher philosophisch.

Format: 120 x 190 mm,
60 Seiten

Tb: € 7,50 (D)

geb: € 13,50 (D)

e-Book: € 2,99 (D)

ISBN:
978-3-7323-1126-2 (Tb.)
978-3-7323-1127-9 (geb.)
978-3-7323-1128-6 (e-Book)

Der Ratgeber zum Älter werden:

Wer weiß, wie wir mal werden?
Selbstentwicklung kreativ fürs Alter nutzen

Im Alter würdevoll Leben, möglichst ohne Leiden zu müssen, dass wünschen sich viele Menschen. Ist das möglich? Nach 22 Jahren Arbeit in der Altenpflege, behaupte ich: Ja!
Es ist möglich, wenn wir bereit sind, unser Leid anzunehmen. Dann können wir es wandeln. Mit Hilfe unserer Lebenserfahrung, der Kunst und verschiedener therapeutischer Ansätze können wir einen inneren Wandel vollziehen und den Abbau- und Sterbeprozess kreativ wandeln in einen Aufbau- und Intergationsprozess.
Das Buch vereint viele Beispiele aus der Praxis, der Kunst, der Dichtung und der Forschung und zeigt sieben Wege zum kreativen Altwerden auf.

Wer weiß, wie wir mal werden?

384 Seiten, mit vielen, teils farbigen Abbildungen

Tb: € 24,49 (D)

geb: € 30,80 (D)

eBook: € 2,99 (D)

ISBN:
978-3-8495-9811-2 (Tb.)
978-3-8495-9812-9 (geb.)
978-3-8495-9813-6 (e-Book)

Die Seminare zu:

Wer weiß, wie wir mal werden?

Zur Einführung lade ich dich ein, mit den hier beschriebenen sieben Wegen – und dem persönlicheren Du – in dir selbst die Seelenanteile zu entdecken, die dich befähigen, im Alter eine Persönlichkeit zu sein, die souverän und weise ihr Leben führt.

Sieben Wege zu deinem kreativen Altern

E: *Dein Lebensschiff bis ins hohe Alter souverän steuern*

1. Die Bilder deiner Seele sprechen lassen

   Deine Krisen bewältigen und deine Träume leben

2. Deine Biografie als Gestaltungsaufgabe

   Dich neu entdecken im Verwirklichen deiner Ziele

3. Dreh Dich nicht um! Deine Blockaden lösen

   Deinen eigenen Schritt im Tanz des Lebens finden

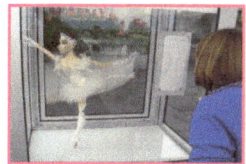

4. Auf künstlerischen Wegen
   deiner Weisheit entgegen

   Im Wandel des Lebens
   deine eigene Form finden

5. Empfangen der Würde
   im Alter

   Dir Gegebenes und dir
   Gelungenes wertschätzen

6. Mit Worten malen

   Deinem Werden und Wandel
   eine Stimme geben

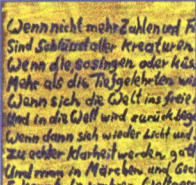

7. Wer weiß, wie wir mal werden?

   Die Teile deines Lebens
   zum Ganzen zusammenführen

Nach der Einführung können die sieben Seminare zur thematischen Vertiefung besucht werden. Zusammengenommen fügen sie sich zu einer Ganzheit.

Der Autor:
Norbert Wickbold

1973-1984 Lehr- und Gesellen-
        jahre als Elektriker,
        drei Semester Physik-
        Studium, UNI Bremen
1985-1989 Diplom-Studium in
        Kunsttherapie/Kunstpäda-
        gogik und freie Arbeit als
        Dozent für künstlerische und literarische Kurse
1994 Altenpflegeausbildung, Arbeit als Altenpfleger
2001 Fortbildung zur Gerontopsychiatrischen Fachkraft
2002 Abschlussarbeit: Kunsttherapie im Alter
2003 Beginn der schriftstellerischen Arbeit
2005 bis 2012 Leitung von Gedächtnistrainingskursen
2007 Fertigstellung der 1.Fassung des Romans:
        Die Wiederkehr der Morgenlandfahrer
2008 *Norbert Wickbolds kleine Denkzettel*
        starten mit: *Das Henne-Ei-Paradoxon*
2008-2010 Master-Studium in Erwachsenenbildung
2010 *Vom Sinn des Lebens, des Sterbens und der
        Aufgabe des Alters* in Heft 23 der Zeitschrift:
        »Psychosynthese«, Navo-Verlag, Zürich
2014 *Wer weiß, wie wir mal werden?* wird im
        Tradition-Verlag, Hamburg veröffentlicht
2015 *Die Wiederkehr der Morgenlandfahrer* und
        Was seht ihr denn? – 42 Gedichte und Gedanken
        und *Denkzettel – Die ersten zehn*
2016 *Denkzettel –die zweite Dekade(Staffel)*
2017 *Denkzettel –die dritte Staffel*
2018 *Denkzettel –die vierte Staffel*

weitere Infos:

Norbert Wickbold
n.wickbold@heilkunstundfarbenpracht.info
www.heilkunstundfarbenpracht.de

Bücher erhältlich über
www.tredition.de

FSC
www.fsc.org

MIX

Papier | Fördert
gute Waldnutzung

FSC® C083411

Zeitfracht Medien GmbH
Ferdinand-Jühlke-Straße 7
99095 Erfurt, Deutschland
produktsicherheit@kolibri360.de